btb
Aus Freude am Lesen

Buch

Eigentlich beginnt alles ganz harmlos. Ein alter Professor hört Stimmen, ein Toningenieur erfindet narkotisierende Klänge, ein bigotter Herzkranker bittet Gott um Hilfe. Aber dann kommt jedesmal eine Wendung, die den Leser eiskalt erwischt. Der Toningenieur hat in seinem Eifer nicht an die Autoradios gedacht, der Professor will die Menschen zum Verschwinden bringen und Gott erfüllt das Anliegen des opportunistischen Bitters auf heimtückische Weise.
24 wunderbare Geschichten vom Großmeister des schwarzen Humors E. W. Heine. Knapp und sprachlich elegant erzählt, strotzen Heines Kille Kille Geschichten vor nachtschwarzen Bosheiten und sarkastischen Pointen, ihr subtiler Horror überwältigt mit sanfter Leichtigkeit. Man liest mit wohligem Schauer und wird süchtig.

Autor

E.W. Heine, in Berlin geboren, arbeitete als Architekt über ein Jahrzehnt in Südafrika und mehrere Jahre in arabischen Ländern. Neben kulturgeschichtlichen Titeln wurde er vor allem durch seine skurril-makabren Erzählungen bekannt. Mit seinem Roman »Das Halsband der Taube« gelang Heine ein Bestseller und der Durchbruch als Autor großer historischer Romane. E. W. Heine lebt als freier Autor in Bayern.

E.W. Heine bei btb

Brüsseler Spitzen. Roman (72491)
Das Glasauge. Neue Kille Kille Geschichten (72805)
Das Halsband der Taube. Roman (72000)
Der Flug des Feuervogels. Roman (73042)
Nur wer träumt, ist frei (72112)
Toppler. Ein Mordfall im Mittelalter (72855)
Kille Kille. Makabre Geschichten (72902)

btb

E.W. Heine

Kinkerlitzchen

Neue Kille Kille Geschichten

btb

Vignetten E.W. Heine

Umwelthinweis:
Alle bedruckten Materialien dieses Taschenbuches
sind chlorfrei und umweltschonend.

btb Taschenbücher erscheinen im Goldmann Verlag,
einem Unternehmen der Verlagsgruppe Random House GmbH.

1. Auflage
Genehmigte Taschenbuchausgabe Mai 2003

Umschlaggestaltung: Design Team München
Satz: Uhl+Massopust, Aalen
KR · Herstellung: Augustin Wiesbeck
Made in Germany
ISBN 3-442-73087-2
www.btb-verlag.de

Die meisten Menschen haben einen heiligen Respekt vor Worten, die sie nicht begreifen. Sie halten Autoren, die leicht verständlich schreiben, für oberflächlich, und gehen ehrfürchtig in die Knie, wenn einer so tiefsinnige Texte verfasst, dass er selbst nicht mehr weiß, was es bedeutet.

Albert Einstein

Den ganzen Tag lang hatten die Grillen gefiedelt. Erst am Abend begann die Nachtigall zu schlagen. »Warum sind deine Lieder so kurz?«, fragten die Grillen. Und die Nachtigall erwiderte: »Sie sind so kurz, weil ich so viele weiß und weil ich sie alle noch singen will.«

Aus den Fabeln des Äsop

Inhalt

Salto mortale

Die Show wurde zum größten Erfolg der Fernsehgeschichte. Die Einschaltquoten waren so gigantisch, dass die anderen Sender ihren Betrieb hätten einstellen können. Wenn am Samstagnachmittag *Salto mortale* über die Bildschirme flimmerte, waren die Straßen wie leer gefegt.

Gewiss, schon immer waren Gewinnspiele beliebt: »Einer wird gewinnen« oder »Wer wird Millionär?« Aber sie waren alle alberne Kinderspiele gegen den *Salto mortale*, den Todessprung.

Jeder konnte mitmachen. Die Fernsehgesellschaft suchte unter den Bewerbern – es waren jedes Mal mehrere hundert – die geeigneten Mitspieler aus, drei Männer und zwei Frauen. Die Kriterien, nach denen dies geschah, waren schwer durchschaubar, aber dass dabei

Jugend, Vitalität und ansprechendes Aussehen eine Rolle spielten, war offensichtlich. Die fünf Erwählten wurden schon Tage vor der Show von den Medien ausgiebig vorgestellt. Sie trafen sich am Freitagmorgen in einer eigens zu diesem Zweck erbauten Luxussuite mit allen Annehmlichkeiten eines Fünf-Sterne-Hotels. Dort am Pool, in der Sauna, beim Austernschlürfen, Schlummern oder Tanzen konnte sich jedermann davon überzeugen, was für Prachtexemplare der menschlichen Rasse hier zusammengekommen waren. Hunderte von versteckten Kameras übertrugen jede Lebensäußerung live und hautnah.

Vier von ihnen würden morgen Multimillionäre sein, reich und von aller Welt beneidet. Aber einer von ihnen würde dafür mit seinem Leben bezahlen.

Als Felix Feldbusch in seiner Morgenpost einen Brief vom Fernsehen fand, glaubte er zunächst, es handle sich um eine Absage. Wer von uns rechnet schon mit einem Gewinn, wenn er an einer Lotterie teilnimmt? Doch dann – nachdem er den Briefumschlag mit seinem Kaffeelöffel geöffnet hatte, las er, dass er auserwählt sei, am *Salto mortale* teilzunehmen, am zweiten Samstag im kommenden Monat.

Er hastete zum Telefon, um seiner Freundin die Sensation mitzuteilen: »Ist das nicht fantastisch?«

»Nein, tu das nicht. Du bist verrückt. Ich werde vor Angst sterben«, sagte Verena. »Bitte nicht.«

»So schnell stirbt man nicht«, lachte er. »Am Wochenende wird mein Foto in allen Zeitungen zu sehen sein. Ich bin ein Star. Das müssen wir feiern, noch heute.«

Am Abend aßen sie im besten Restaurant der Stadt alles, was gut und teuer war. Als Verena nach dem Dessert fragte: »Gehen wir zu mir oder zu dir?«, antwortete er mit weltmännischem Grinsen: »Weder noch.«

Er ließ eine Taxe kommen und nannte den Namen eines Hotels, das er nur von außen kannte, weil er sich bisher dort nicht hineingetraut hatte. In einer Suite mit Doppelbadewanne in honigfarbenem Marmor vögelten sie sich die Seele aus dem Leib und bespritzten sich mit perlendem Champagner.

»Du hast die Millionen noch nicht gewonnen«, warnte Verena.

Felix erwiderte: »Wenn ich verliere, was bei einer Chance von eins zu vier nicht sehr wahrscheinlich ist, dann brauche ich die Kohle auf meinem Konto nicht mehr. Und wenn ich gewinne, reicht das für den Rest meines Lebens. Warum also rechnen!«

Der große Tag rückte immer näher, und je näher er kam, desto mehr wich die erste Euphorie der bangen Frage: Was ist, wenn ich …? Es konnte auch sein Todesurteil sein, und er war noch jung, verdammt jung. Dennoch, wo sonst konnte man so schnell so viel Geld machen, unter so günstigen Chancen? Im Lotto oder in der Lotterie war die Wahrscheinlichkeit, solch einen Betrag zu gewinnen, praktisch gleich null. Beim *Salto mortale* zogen von fünf Teilnehmern vier den Hauptgewinn. Wo gab es dergleichen noch einmal?

Und das Risiko? Mein Gott, wo gab es das nicht? Musste nicht jeder, der in ein Flugzeug stieg, damit rechnen, dass er nicht wiederkam? Die Menschen, die bei uns jedes Jahr auf der Straße tödlich verunglücken, sind so zahlreich wie die Bewohner einer ganzen Kleinstadt. Und trotzdem fahren sie alle Auto!

Felix dachte an die *Salto-mortale*-Shows, die er schon gesehen hatte. Er hatte keine ausgelassen. Es war immer das Gleiche und dennoch immer wieder neu und erregend: Fünf junge aufgeregt-fröhliche Menschen, alle voller Optimismus. Und doch war einer von ihnen schon so gut wie tot, wenn sie das Flugzeug bestiegen, denn einer von ihnen trug auf seinem Rücken eine Fallschirmattrappe, die sich nicht öffnen würde. Die Kamera zeigte die fünf im Flugzeug, beim Absprung und sogar noch im Fallen. Sie trugen am Helm eine Kamera, die ihre Gesichter zeigte, vom Wind zur Fratze verzerrt, die Augen voller Angst. Wird der Schirm sich öffnen? Und hunderttausende daheim vor den Bildschirmen stellen sich die aufregende Frage: Ist der es? Oder ist es die junge Frau, die so tapfer versucht zu lächeln? Und dann als Höhepunkt der Spannung: das Gesicht desjenigen, der erkennen muss, dass er in wenigen Sekunden am Boden zerschmettert wird.

Ein Gesicht, das du nie vergisst, mehrfach wiederholt, in Zeitlupe festgehalten. Welch ein realistisches Requiem, an Echtheit nicht zu überbieten! Der Tod live.

Natürlich wurde der Aufschlag nicht gezeigt, konnte

nicht gezeigt werden, da dabei auch die Kamera zerstört wurde.

In der U-Bahn, mit der Felix morgens ins Büro fuhr, unterhielten sich zwei Frauen über einen Selbstmord, den die ältere der beiden aus nächster Nähe miterlebt hatte, unter der Eisenbahnbrücke im Westend.

»Ich sage Ihnen«, erklärte sie der anderen. »Es hört sich an, wie wenn eine große Wassermelone aufschlägt: Platsch! Das Blut spritzt zehn Meter weit. Ekelhaft, einfach ekelhaft!«

Wenige Tage vor dem Sprung wurden in einigen Tageszeitungen Wetten abgeschlossen, wen es wohl treffen würde. Felix nahm es als gutes Omen, dass er nicht genannt wurde. Die meisten tippten auf die beiden Frauen, denn in letzter Zeit hatte immer einer der männlichen Teilnehmer dran glauben müssen.

Felix verdrängte seine Angst, wobei Verena ihm liebeskundig half. Da sie das Kleine Latinum gemacht hatte, wusste sie auch, dass Felix ins Deutsche übersetzt der Glückliche heißt. Nomen est omen. Sie küsste ihn, legte sich auf sein Bett und sagte: »Komm, mach mich felix!«

So kam der Freitag ins Land. Felix wurde morgens von der Fernsehgesellschaft in einem schwarzen Rolls-Royce abgeholt, denn da wurde bereits gefilmt. Und von nun an geschah nichts mehr, ohne dass unzählige Augen auf ihn gerichtet waren.

Wohin man auch blickte in der Fünf-Sterne-Big-Brother-Behausung, überall lauerten Kameras und Mikrofone. Nicht minder lästig war das eitle Gehabe seiner Mitbewerber, nicht der weiblichen, sondern der männlichen. Beide Burschen, ein Sportstudent und ein Jungmanager, benahmen sich so, als wären sie nicht beim *Salto mortale*, sondern bei einem Bodybuildingwettbewerb. Sie legten gleich nach ihrer Ankunft ihre Kleidung ab und verbrachten den restlichen Teil des Tages unter der Dusche, in der Sauna und am Pool, wo sie mit eingezogenen Bäuchen ihre Muskeln spielen ließen. Die eine der Frauen, eine Krankenschwester, las in einem Buch, legte Patiencen, vermutlich um sich zu beruhigen, denn sie wusste aus Erfahrung, wie viele Knochen sich ein Mensch zu brechen vermag.

Die andere, ein auffallend raffiniertes Mädchen, beschäftigte sich mit ihren Fingernägeln und Fußnägeln, tuschte sich die Wimpern, bürstete ihr Haar und war ständig mit sich selbst beschäftigt. Auf ihren Beruf angesprochen, antwortete sie ohne Scheu: »Prostituierte, Specialist in demolishing of temporary erections.« Sie würdigte die Männer keines Blickes. Man sah es ihr an: Wer von Berufs wegen einen großen Teil des Tages in einer Würstchenbude verbringt, der kann nach Feierabend keine Würstchen mehr sehen.

Paarbildungen – bei den Zuschauern sehr beliebt – fielen wohl aus, abgesehen von den beiden Schönlingen, die sich gegenseitig einölten und vertraulich auf die Schultern klopften.

Nach dem Pflichtinterview mit Gottschalk junior zog sich Felix zurück, sofern man bei all den Kameras von Zurückziehen sprechen konnte. Der nächste Tag würde anstrengend werden. Vielleicht ist er dein letzter. Unsinn. Jetzt bloß nicht an so etwas denken. Bevor er sich die Bettdecke über den Kopf zog, schenkte er der Kamera über sich ein Lächeln. Er wusste, dass Verena ihn sah. Sie würde nach seiner Landung im Hotel auf ihn warten. So war es ausgemacht. Die honigfarbene Marmorbadewanne war ein würdiger Ort, um einen heimkehrenden Helden zu empfangen.

Bei strahlendem Sonnenschein fuhren sie zum Flughafen, ein langer Konvoi mit Blaulicht, Presse- und Kamerawagen.

Verena hockte mit klopfendem Herzen vor ihrem Fernsehgerät. Jetzt hatten sie das Flugfeld erreicht. Bei laufendem Propeller wurden die Kandidaten noch einmal vor der Cessna abgelichtet. Es war das letzte Foto, das sie alle fünf zeigte. Bei ihrer Rückkehr würde einer fehlen. Als das Flugzeug abhob, setzte im Fernsehen die Musik ein: der Anfang der Götterdämmerung. Eine Männerstimme sagte: »Wenn im alten Rom die Gladiatoren ihr Leben aufs Spiel setzten, lautete ihr letzter Gruß: Morituri te salutant, die bereit zum Sterben sind, grüßen dich.« Hier schaltete Verena ab.

Ich hätte ihn daran hindern müssen, dachte sie. Aber hätte ich das geschafft? Die Tränen liefen ihr über die Wangen.

Jetzt nur nicht schwach werden. Ein Blick auf die Armbanduhr. Sie musste sich beeilen.

Der Sportstudent sprang als Erster. Im Abstand von

zehn Sekunden folgten die Liebesdienerin, der Manager und die Krankenschwester. Felix ging als Letzter von Bord. Der Fahrtwind traf ihn wie ein Faustschlag. Und dann der freie Fall, ein Gefühl, das dir den Atem nimmt und die Gedärme umdreht. Wahnsinn!!! Unter ihm sprang der erste Fallschirm auf. Da, der zweite. Felix wurde so wild umhergewirbelt, dass er die anderen aus den Augen verlor. Wo blieb sein Schirm? Na, komm schon! Komm! Er stürzte der Erde entgegen wie ein Geschoss. In wenigen Atemzügen würde er dort unten aufschlagen. O Herr, hilf! Schon konnte er die Menschen auf dem Flugfeld deutlich erkennen. Sie winkten und riefen wild durcheinander, zeigten auf ihn. Nein, nein, schrie es in ihm. Nein!

Rums, rissen die Leinen an ihm. Er blickte nach oben. Wie eine große Blüte entfaltete sich der farbige Stoff vor dem strahlend blauen Himmel. Ein Freudenschrei entrang sich seiner Brust. Puh, das war knapp. Wenig später hatte er Bodenkontakt. Der Wind warf ihn um. Da waren schon die Helfer bei ihm, befreiten ihn aus dem Wirrwarr der Leinen.

Händeschütteln, Schulterklopfen. Ein Gruppenfoto. Die Krankenschwester fehlt.

Kameras surrten. Vorgehaltene Mikrofone, Blitzlichtgewitter, Fragen über Fragen. Er fühlte sich wie eine Marionette.

»Was ist Ihr größter Wunsch?«

»Eine Taxe. Rufen Sie mir eine Taxe, bitte.«

Endlich das Hotel. Er lief an den Liften vorbei,

stürmte die Treppen empor, drei Stufen mit einem Schritt. Zimmer 11. Er stieß die Tür auf. Verena! Da stand sie in der honigfarbenen Marmorwanne, schaumgeboren wie die Venus von Milo. Er streifte sich die Kleider vom Leib, fühlte sich wie von den Toten auferstanden. Eine unbeschreibliche Lebensgier hatte ihn ergriffen. Er umschlang sie mit Armen, Beinen und Lippen. Freude, jubelnde Freude erfüllte ihn. Lust, nie gekannte Lust. Ein wilder Schrei …

Dann schlug er auf.

Zerplatzt wie eine Wassermelone, sagten die Sanitäter, die seine sterblichen Überreste beiseite schafften.

Das Urteil

Bergbewohner gelten allgemein als schwerfällig, aber von unbeugsamem Gerechtigkeitssinn, wie die Mühlen Gottes, die ja bekanntlich auch langsam, aber gerecht arbeiten. Ein Berner Bergbauer stand vor seinem Richter, weil er in die Mühlen der Gerechtigkeit geraten war.

Wie er da stand, der Franz Joseph Hinterhuber, breitbrüstig mit struppigem Bart und ledernen Kniehosen, sah er aus wie Wilhelm Tell.

»Ist das dein Destilliergerät?«, wollte der Richter wissen.

»Ja, das ist mein Schnapsbrenner«, sagte der Franz Joseph.

»Du gibst es also zu.«

»Was, zu?«

»Dass es deiner ist.«

»Ja natürlich. Ihr habt ihn doch aus meinem Keller geholt.«

»Und warum hast du dann Einspruch gegen die Geldbuße erhoben?«

»Weil ich keinen Obstler gebrannt habe.«

»Und dieser Apparat aus deinem Keller?«

»Er steht da nur so.«

»Soso, er steht da nur so, ohne dass du ihn benutzt.«

»So ist es.«

»Sag mal, für wie dämlich hältst du uns eigentlich?«

»Muss ich die Frage beantworten?«, fragte der Franz Joseph.

»Nein, nein«, unterbrach ihn sein Verteidiger, der das Schlimmste befürchtete.

»Hast du je von einem Bauern gehört, der sich eine Kuh in den Stall stellt, ohne sie zu melken?«, fragte der Richter.

»Das ist doch was ganz anderes«, belehrte ihn der Franz Joseph, der nicht viel vom Strafrecht, aber umso mehr von Kühen verstand: »Eine Kuh muss gemolken werden, aber ein Apparat kann einfach so dastehen.«

»Soso«, sagte der Richter. »Und seit wann steht der einfach so da in deinem Keller?«

»Schon immer.«

»Du gibst also zu, dass ihr auf eurem Hof schon seit Jahren schwarzbrennt?«

»Ich habe nicht schwarzgebrannt.«

»Selbst wenn wir dir Glauben schenken sollten, so bewahrt dich das nicht vor Strafe, denn allein der Besitz eines Gegenstandes zur Ausübung einer strafbaren Handlung gilt als Verstoß gegen das Gesetz. Kannst du mir folgen?«

»Nein.«

»Wenn du einen Apparat zum Geldscheinedrucken in deinem Keller hast, so reicht das für eine Verurteilung aus, egal ob du damit Geld fälschst oder nicht. Du hast den Apparat dazu!«

Alles konnte der Franz Joseph ertragen, nur kein Unrecht. Die Zornesader schwoll ihm auf der Stirn an. Er ballte die Fäuste: »Euer Ehren, ich warne Euch, nehmt Eure Töchter vor mir in Acht!«

Der Richter, Vater von zwei Teenagern, erbleichte: »Soll das eine Warnung sein? Drohst du mit Vergewaltigung?«

»Nein, aber ich habe den Apparat dazu.«

Männer sind ja so dämlich

Edda von Samson, geborene Rita Riesenhuber, hatte nur die Grundschule von Gummersbach besucht, aber sie hatte früh erkannt, worauf es im Leben ankommt. Sie pflegte zu sagen:

»Ein Mann, der es zu etwas bringen will, muss viele Schulen besuchen, muss sich quälen, muss Abitur machen, Examen bestehen, muss viele Jahre lang lernen, arbeiten, kämpfen. Eine Frau braucht in ihrem Leben nur einmal auf Draht zu sein, nämlich bei der Wahl ihres Ehemannes. Dieser eine Moment entscheidet darüber, ob sie einmal in einer Villa wohnt oder auf der fünften Etage, ob sie von einem Chauffeur zum Reiten gefahren wird oder von einem Busfahrer ins Büro.«

Vom Reiten verstand sie was. Männer sind wie Pferde, pflegte sie zu sagen: Stark, leicht zu dressieren und vielseitig verwendbar: geduldige Arbeitstiere, heiße Deckhengste, Schlachtrösser, Rennpferde. Sie gehorchen auf Schenkeldruck und fressen dir aus der Hand. Sie tragen dich, wohin du willst. Es gibt nichts Besseres, um voranzukommen.

Pferde sind geduldig, gutmütig, anhänglich, stark, pferdestark, aber dumm. Es gibt nichts Dümmeres. Mit anderen Worten: Pferde sind wie Männer.

Edda von Samson verfügte über genügend emotionale Intelligenz, um diese Erkenntnis in die Praxis umzusetzen.

Als Zweiundzwanzigjährige hatte sie sich einen doppelt so alten Zahnarzt geangelt, von dem sie nur drei Jahre später wieder geschieden wurde, unter Mitnahme seines adeligen Namens und einem nicht unbeträchtlichen Teil seines Vermögens. Auf einer Kreuzfahrt in der Karibik hatte sie ihren zweiten Gatten, einen Schweizer Immobilienmakler, kennen gelernt, dem sie das Ja-Wort gab und vier Millionen Franken nahm, als es zur Scheidung kam, aus unüberwindlicher Abneigung, wie es ihr Anwalt formuliert hatte. Eine dämliche Begründung, denn für Männer empfand sie grundsätzlich mehr Abneigung als Zuneigung. Nun ja, nicht für alle.

Es gab auch andere, solche wie Götz, ein Künstlertyp, fast zehn Jahre jünger als sie, attraktiv, intelligent, einfühlsam, potent, sehr potent, so potent, dass sie die Dummheit begangen hatte, diesen Habenichts zu heiraten, aber natürlich so, dass er im Scheidungsfall keine Ansprüche stellen konnte. Sogar ein Kind hatte sie von ihm gewollt. Mein Gott, war ich dämlich! Ein Kind, ich.

Was macht man mit einem Kind während eines Golfturniers? Und erst auf Reisen. Katzen konnte man ins Tierheim bringen. Aber ein Kind? Wo lässt man ein Kind? Nein, sie liebte ihr gepflegtes Haus, voller kostbarer Antiquitäten, den gepflegten Park. Bei der Vorstellung, dass hier Kinder herumtoben könnten, lief ihr ein Schauder über den Rücken. Ruhe und Schlaf waren Jungbrunnen ohnegleichen. Um einen Topmann für sich zu interessieren, musste man in Topform sein. Gab es ein besseres Verjüngungsmittel als Schlaf? Kein Wunder, dass sie Wecker hasste. Wecker waren pöbelhafte Geräte, dazu gemacht, um Arbeitstiere auf Trab zu bringen.

Umso erschrockener war sie, als sie an jenem Morgen von dem Peitschenhieb eines Weckers aus dem Schlaf gerissen wurde. Wie ein Hagelsturm, der in ein blühendes Beet fährt, so zerhackte das stählerne Kreischen ihren wollüstigen Traum. Entsetzt riss sie die Augen auf, hielt sich die Ohren zu. Endlich begriff sie: Es war nicht das Rasseln eines Weckers. Es war die Türklingel.

Jetzt um diese Zeit? Sie warf einen Blick auf die Armbanduhr. Kurz nach neun. Warum machte das Mädchen nicht auf? Richtig. Sie hatte ihren freien Tag.

Welcher Idiot wagte es, sie um diese Zeit aus dem Bett zu läuten? Sie griff nach ihrem Bademantel auf dem Bettvorleger, der noch so dalag, wie sie ihn gestern Abend abgestreift hatte. Im Vorbeilaufen ordnete sie ihr Haar vor dem Wandspiegel.

Das Klingeln, das kurz ausgesetzt hatte, schwoll aufs Neue an.

Ich komme ja schon. Ärgerlich riss sie die Tür auf.

Vor ihr stand dümmlich grinsend der Briefträger.

»Tut mir Leid, wenn ich Sie geweckt habe, aber ich habe hier einen Einschreibbrief.«

Sie riss ihm den Brief aus der Hand. Dabei öffnete sich ihr seidener Morgenmantel. Sie spürte die kalte Morgenluft auf der nackten Haut und genoss das hungrige Aufblitzen der Augen ihr gegenüber. Mein Gott, Männer waren ja so dämlich!

»Sie müssen noch unterschreiben, hier.« Es klang devot. Ein Kugelschreiber wurde ihr in die Hand gelegt. Sie kritzelte ihren Namen auf ein Formular. Die Tür fiel ins Schloss. Barfuß mit dem Brief in der Hand lief sie zurück zu ihrem Bett.

Ein Einschreiben am Samstagmorgen! Etwas Bedrohliches ging von dem grauen Umschlag aus: ein Strafmandat, ein Zahlungsbefehl, eine gerichtliche Vorladung.

Mit einer Haarspange riss sie den Umschlag auf und las.

Dabei bewegte sie die Lippen, lautlos wie ein Kind das Lesen lernt. Ihre Augen weiteten sich vor Staunen, oder war es Wut? Wollte sie da jemand auf den Arm nehmen? Ein verspäteter Aprilscherz? Aber nein, das war ein amtliches Schreiben mit dem Briefkopf einer Rechtsanwaltspraxis in der Hauptgeschäftsstraße der City.

Sie las den Brief mehrmals, ungläubig, ärgerlich, belustigt. Dann legte sie sich zurück und lachte, dass ihr die Tränen über die Wangen liefen. Diesen Brief konnte nur ein Mann verfasst haben. Mein Gott, Männer waren ja so dämlich!

Die Anwaltskanzlei lag auf der obersten Etage des Büroturmes. Als sie aus dem Fahrstuhl stieg, reichte ihr Blick bis an den Rand der Stadt, wo das Grau der Gewerbegebiete sich im Grün der Felder verlor.

»Dr. Amberger erwartet Sie«, sagte die Empfangsdame im Vorzimmer der Anwälte. Sie sagte das Dr. Amberger so, als spräche sie vom Präsidenten der Vereinigten Staaten von Amerika.

Die Tür zum Allerheiligsten öffnete sich wie von selbst. Ein Herr, der wirklich aussah wie ein Herr, erhob sich hinter seinem Schreibtisch, machte eine Handbewegung, so als wollte er sagen: Setzen Sie sich doch bitte.

Doch bevor er etwas von sich geben konnte, ergriff Edda von Samson das Wort. Sie streckte ihm den Brief entgegen und fragte: »Haben Sie das geschrieben?«

Der Herr warf einen flüchtigen Blick darauf und nickte bejahend mit dem Kopf: »Deshalb habe ich Sie hergebeten.«

»Soll das ein Scherz sein?«

»Nein, ganz und gar nicht.«

Sie blickte ihn an, als verstünde sie die Welt nicht mehr.

»Das müssen Sie mir erklären.«

»Was soll ich Ihnen erklären?«

»Diesen ... diesen Schwachsinn hier. Sie schreiben mir, dass ich Mutter geworden bin.« Sie blickte in den Brief: »... dass ich vor vier Wochen, am 22. April, ein Kind bekommen habe, einen Jungen, wie Sie schreiben.«

»Ja, so ist es.«

»So ist es?« Sie blickte ihn ungläubig an, so als habe sie ihn nicht recht verstanden. »Wie können Sie so etwas behaupten?«

»Weil es so ist. Hier ist die Geburtsurkunde.«

Er schob ihr ein Blatt Papier über den Tisch. Edda von Samson übersah es. »Es soll ja wohl vorkommen«, sagte sie, »dass ein Mann Vater wird, ohne davon zu wissen. Aber eine Mutter ...«

»Ja, ich gebe zu, es ist ungewöhnlich«, unterbrach sie der Anwalt. »Deshalb haben wir Sie ja auch hergebeten.«

»Ungewöhnlich? Das ist nicht ungewöhnlich. Das ist der blanke Unsinn.«

»Bitte werfen Sie einen Blick auf die Geburtsurkunde. Am 22. April ...«

»Am 22. April war ich in Venedig, im Hotel Danieli, eine ganze Woche lang. Dafür gibt es Zeugen.«

»Ja, ja, gewiss doch…« Der Anwalt wollte sie unterbrechen.

Edda von Samson ließ ihn nicht zu Wort kommen.

»Begreifen Sie doch endlich«, sagte sie, »das Ganze ist eine üble Machenschaft meines Exmannes. Wir wurden vor zwei Jahren geschieden.«

»Ja, ich weiß«, sagte der Anwalt. Ein verbindliches Lächeln entblößte seine falschen Zähne. »Ich wäre Ihnen dankbar, wenn Sie mich jetzt zu Wort kommen ließen.«

Er schlug einen Ordner auf und begann:

»Sie waren mit Ihrem Exmann drei Jahre verheiratet. Ihre Ehe blieb kinderlos.«

»Ja, Gott sei Dank.«

»Aber Sie wollten ein Kind.«

»Wollten wir das?« Es klang gereizt.

»Ja, das wollten Sie. Von der künstlichen Besamung bis zur In-vitro-Fertilisation haben Sie alles Mögliche versucht… Sie ließen sich Eier entnehmen, die im Labor mit Spermien Ihres Mannes besamt wurden. Sie wurden schwanger und erlitten eine Fehlgeburt.«

»Erinnern Sie mich bloß nicht daran.«

Sie griff nach ihrer Handtasche, holte eine Schachtel Zigaretten hervor und fragte: »Darf ich rauchen?«

»Aber bitte, tun Sie sich keinen Zwang an.«

Er schob ihr einen Aschenbecher zu und fuhr fort:

»Bei dieser Operation entnahmen Ihnen die Ärzte zehn Eier, aus denen sie mit dem Sperma Ihres damaligen Mannes fünf Embryonen herstellten. Das erste wurde Ihnen eingepflanzt – vergeblich, wie Sie wissen. Danach verzichteten Sie auf weitere Einpflanzungen.«

»Ja, wir hatten uns auseinander gelebt. Ich widmete mich meinen Geschäften. Er begann zu trinken, spielte den Arbeitslosen.«

Sie verzog ihr Gesicht zu einem verächtlichen Grinsen. Der Anwalt übersah es und sagte: »Ihr geschiedener Ehemann hätte gern ein Kind gehabt, ein Kind von Ihnen. Dafür hätte er auch den Hausmann gespielt. Er liebt Kinder.«

»Hat er Ihnen das erzählt?«

»Ja. Und das ist auch der Grund, weshalb er sich eine Leihmutter genommen hat, um ihr eins von den verbliebenen vier Embryonen einsetzen zu lassen.«

»Er hat...«

»Ja. Er hat. Und dieses Kind, ein gesunder Junge, ist am 22. April dieses Jahres zur Welt gekommen.«

»Und was habe ich damit zu schaffen?«

»Nun, Sie sind die Mutter.«

»Ich habe das Kind nicht gekriegt.«

»Sie sind die Mutter dieses Kindes. Es waren Ihre befruchteten Eier, die die Leihmutter ausgetragen hat.«

»Aber...« Ihr fehlten die Worte. Sie saß da und verstand die Welt nicht mehr. »Sie meinen, ich habe...«

»Ja, Sie haben ein Kind mit allen Verpflichtungen und juristischen Konsequenzen.«

Sie zog an ihrer Zigarette, stieß erregt den Rauch aus und sagte: »Das lasse ich mir nicht bieten. Ich bin nicht gefragt worden. Ich wollte dieses Kind nicht.«

»Was meinen Sie«, sagte der Anwalt, »von wie vielen Männern ich diesen Satz hier in meinem Büro schon gehört habe? Den Gesetzgeber interessiert nicht die Einwilligung der Erzeuger, sondern die Versorgung des Kindes.«

»Aber es waren meine Eier, die in den Kühlzellen der Frauenklinik aufbewahrt wurden. Sie gehören mir. Das ist Diebstahl. Kindsentführung. Ich werde diesen Strolch verklagen. Er ist nicht einmal mein Mann.«

»Sie irren sich, gnädige Frau. Er ist der Vater Ihres Kindes, der rechtmäßige Vater, denn zum Zeitpunkt der Befruchtung waren Sie miteinander verheiratet. Kindsentführung war es auf gar keinen Fall, denn ein zwei Tage altes befruchtetes Ei verdient nicht einmal die Bezeichnung Embryo. Dieses tiefgekühlte stecknadelkopfgroße Zellklümpchen ist weder biologisch noch juristisch ein Kind, sondern eine Sache. Damit rückt seine Entwendung in den Bereich des Diebstahls. Ist es aber nicht. Denn diese Sache gehört Ihnen beiden zu gleichen Teilen. Eine Art von ehelicher Zugewinngemeinschaft in reinster Form.«

»Also gehören sie auch mir«, sagte Edda von Samson. Trotz mischte sich mit Triumph.

»Ja, das stimmt«, nickte der Anwalt. »Die vier aufbewahrten Embryonen gehören Ihnen zur Hälfte. Das sind zwei für Sie und zwei für Ihren Mann, Ihren Exmann, oder richtiger: den Vater der beiden Kinder.«

»Wieso beiden?«

»Nun, er hat auch für das zweite Ei eine Leihmutter

gefunden. Er möchte nicht, dass sein Sohn als Einzelkind aufwächst.«

»Zwei? Kann er sich das leisten?«, entfuhr es ihr, während sie ihre Zigarette im Aschenbecher zerdrückte.

»Deshalb haben wir Sie hergebeten«, meinte der Anwalt. »Es geht um die Alimentezahlung.«

»Alimente???«

»Ja, um die mütterlichen Alimentezahlungen. Die Versorgungspflicht des Kindes obliegt grundsätzlich beiden Elternteilen. Wenn jedoch, wie in Ihrem Falle, der eine mittellos ist und der andere über erhebliche Vermögenswerte verfügt, so...«

Die Worte des Anwalts glitten von ihr ab wie Wasser an Ölpapier. Da waren nur Wortfetzen: »Bezahlung der Leihmutter, Kosten des Krankenhausaufenthaltes, Lebensunterhalt eines allein erziehenden Vaters.« Fünfstellige Zahlen rauschten an ihr vorbei. Sie hatte ihren Meister gefunden.

Himmlische Gerechtigkeit

Das Einzige, woran ich glaube, pflegte er zu sagen, ist, dass zwei Pfund Rindfleisch und ein Liter Wasser eine gute Brühe ergeben.

Man hatte ihn getauft und zur Kommunion geschickt, weil das zum Leben gehörte wie Zähne putzen und Haare schneiden. Weihnachten war für ihn nicht das Fest einer wunderbaren Geburt, sondern vielmehr der Höhepunkt eines wunderbaren Jahresumsatzes. Das Christkind gehörte dazu wie der Osterhase zum Osterfest oder das Glücksschwein zum Jahreswechsel.

Trotzdem hielt er sich für einen guten Christen, so wie er sich für einen guten Ehemann hielt. Nie hatte er sich mit dem Gedanken getragen, aus der Kirche auszutreten, so wie er trotz wechselnder Affären nie an Scheidung dachte. Seine Kirchentreue garantierte seinen Kindern einen Platz im katholischen Kindergarten und ihm selbst eine Ruhestätte auf dem katholischen Friedhof. Da er drei Töchter hatte, sah er in der religiösen Erziehung so etwas wie eine spirituelle Pille, einen Bettblocker, wie er zu scherzen beliebte. Das alles änderte sich, als ihm die Ärzte mitteilten, dass seine Lebensuhr abgelaufen sei, wenn nicht innerhalb weniger Tage ein Wunder geschah.

Angesichts seiner Sterblichkeit erinnerte er sich seiner unsterblichen Seele, fiel auf die Knie und beschwor Gott, wie man seinen Bankdirektor bearbeitet, wenn man einen überlebenswichtigen Kredit ohne irgendwelche Sicherheiten braucht. Herr, hilf mir!

Und der Herr erhörte ihn. Er sorgte dafür, dass sich eine allein erziehende junge Mutter von zwei Kleinkindern totfuhr und er ihr Herz mit der seltenen Blutgruppe als Spenderorgan erhielt.

Seitdem glaubt er fest und unverbrüchlich an die himmlische Gerechtigkeit.

Eine Bombenerfindung

Der Mann, der die Eingangshalle des Münchner Patentamtes betrat, wirkte in seinem schäbigen Mantel nicht wie ein Nachfahre Leonardo da Vincis oder Thomas Edisons. Der Portier hinter dem Schalter hielt ihn für einen Stadtstreicher.

»Wo wollen Sie denn hin?«, fragte er barsch.

»Ich möchte eine Erfindung anmelden.«

»So? Dann müssen Sie in den ersten Stock, Zimmer 18, wenn es sich um eine technische Erfindung handelt.«

»Natürlich. Gibt es auch andere?«

»Aber ja, gewiss doch: chemische, biologische...«

»Biologische?«

»Neuerdings sogar lebendige. Genmanipulierte Mäuse.«

»Soso, Mäuse.«

Der Fremde zog den Hut zum Gruß und stieg die Stufen zum ersten Stock empor. Vor der Tür mit der Nummer 18 rückte er sich die Krawatte zurecht. Er klopfte und wartete auf das Herein.

»Sie wünschen?« Zwei Augen hinter einer Hornbrille begutachteten ihn.

»Ich möchte eine Erfindung zum Patent anmelden.«

»Haben Sie sie dabei?«

»Was dabei?«

»Na, Ihre Erfindung: Apparaturen, Beschreibungen, technische Zeichnungen, Formeln, Berechnungen, damit wir prüfen können, dass es sich um etwas wirklich völlig Neues handelt.«

Der Alte holte ein Blatt Papier aus seiner Manteltasche, faltete es auseinander und sagte: »Das hier ist meine Berechnung. Darf ich sie Ihnen erläutern?«

Er griff sich einen Stuhl und ließ sich darauf nieder.

»Es handelt sich um ein Verfahren zur Verhütung von Flugkatastrophen.«

»Flutkatastrophen?«, fragte der Patentamtsangestellte. Es war offenkundig, dass er trotz seiner großen Ohren schwerhörig war.

»Zur Verhütung von Flugkatastrophen.«

Der Alte hatte seine Stimme so lautstark angehoben, dass der andere ärgerlich abwinkte: »Schon gut. Ich habe verstanden. Fahren Sie fort.«

»Kein anderes Verkehrsmittel hat solche Zuwachsraten zu verzeichnen wie die Luftfahrt. Die Anzahl der

Flugreisenden verdoppelt sich von Jahr zu Jahr. Die Flugzeuge werden immer größer. Das Verkehrsaufkommen wird immer dichter. Dafür aber nimmt die Gefahr für Leib und Leben beängstigend zu.

Immer häufiger kommt es zu Katastrophen. Immer lauter wird der Ruf nach mehr Sicherheit. Natürlich wird vieles ständig verbessert, aber halt nur technisch. Gegen einen Bombenanschlag lässt sich außer Gepäck- und Körperkontrollen nichts unternehmen. Kontrollen aber sind nur so gut wie die Leute, die sie durchführen.«

Der Alte neigte sich über den Tisch und schob dem anderen den auseinander gefalteten Briefbogen zu.

»Ich habe hier eine Berechnung aufgestellt. Sie belegt, wie hoch die statistische Wahrscheinlichkeit ist, bei einem Bombenanschlag an Bord einer Verkehrsmaschine ums Leben zu kommen. Sie beträgt 1 zu 1,4 Millionen. Das mag Ihnen auf den ersten Blick gering erscheinen. Wenn Sie aber wissen, dass jährlich mehr als 1,4 Millionen Fluggäste in einem mittelgroßen Airport landen und starten, so kann es praktisch jeden Teilnehmer treffen, auch Sie und mich und einen unserer Lieben. Bedenken Sie all das Leid.«

»Und wie wollen Sie das nun verhindern?«, unterbrach ihn der Großohrige.

»Einer unter 1,4 Millionen wird sein Leben verlieren, weil sich eine Bombe an Bord befindet. Die Wahrscheinlichkeit, dass sich zwei Bomben an Bord befinden, ist so gering, dass sie nur noch einem unter 2,7

Milliarden gefährlich werden kann. Milliarden, nicht Millionen. Merken Sie was?«

»Was soll ich denn bemerken?«

»Die Wahrscheinlichkeit, dass drei Bomben an Bord geschmuggelt werden könnten, drei Bomben von Leuten, die nichts voneinander wissen, diese Wahrscheinlichkeit ist so minimal, dass sie laut statistischer Berechnung nur alle dreieinhalb Jahrtausende eintreten kann. Und bedenken Sie: Die Luftfahrt ist nicht einmal einhundert Jahre alt.«

»Jaja«, sagte der Mann vom Patentamt.

»Ist Ihnen denn nicht klar, was das bedeutet?«

»Nein.«

»Sie brauchen sich bloß eine Bombe zu besorgen.«

»Ich? Eine Bombe?«

»Ja, natürlich, bevor Sie eine Verkehrsmaschine besteigen. Je mehr Passagiere eine Bombe mit an Bord bringen, desto kleiner wird die statistische Wahrscheinlichkeit, dass Sie durch einen Terrorakt ums Leben kommen.

Sie können es selber nachrechnen. Zahlen lügen nicht.«

Der Gipsarm

»Das ist der Wagen«, sagte der Zöllner zu seinem Kollegen am Schlagbaum. »Das Autokennzeichen deckt sich mit der anonymen Anzeige, die heute Morgen bei uns eingegangen ist. Darin heißt es, eine Frau wird in ihrem Gipsarm Heroin über die Grenze schmuggeln.«

Sie winkten den Wagen rechts ran. Eine Frau saß am Steuer, den Arm in Gips.

»Pass, Wagenpapiere. Was zu verzollen? Können Sie überhaupt mit dem Gips fahren?«

»Geht schon. Der Wagen ist ein Automatic.« Es klang reichlich nervös. Eine schlechte Lügnerin. Aber dennoch, ganz schön raffiniert! Wer würde schon einer Frau den Gips vom gebrochenen Arm schlagen, um den Inhalt zu prüfen?

»Wollen Sie bitte aussteigen?«

In der Zollstube hieß es dann: »Was haben Sie in dem Gipsverband?«

»Einen gebrochenen Arm.«

»Nur einen gebrochenen Arm?«

»Ja, was denn sonst?« Sie wurde rot.

»Hol den Suchhund!«, sagte der Chef der Zöllner. Ein Schäferhund wurde hereingeführt. Er hastete geradlinig auf den eingegipsten Arm zu und begann laut zu bellen.

»Da haben wir's. Brav, Bello, brav.«

Sie drückten die Frau auf einen Stuhl und machten sich an ihrem Arm zu schaffen: »Hammer und Handsäge!«

»Was soll das? Sind Sie von Sinnen? Weg da! Der Verband darf erst in zwei Wochen runter. Sie ruinieren meinen Arm.«

Zwei Männer mussten sie festhalten, während ein dritter ihr den Gips vom Arm schälte. Die Frau wehrte sich. Die Gipsbrocken flogen durch die Zollstube. Der Suchhund bellte.

Endlich war der Verband ab. Aber – und die Männer sahen es mit Entsetzen! – da war nichts, gar nichts, nur ein blasser, kraftloser Arm. Die Frau weinte. Die Männer umstanden sie wie geohrfeigte Schulbuben. Scheiße! Der Chef der Zollstation sah bereits die Schlagzeilen in der Bild-Zeitung: Alte Dame von deutschen Zöllnern brutal misshandelt!

Wenn die sich den richtigen Anwalt nimmt, dachte er, werden Schadensersatzansprüche in Millionenhöhe fällig. Ganz zu schweigen von dem Disziplinarverfahren. Und das zwei Jahre vor meiner Pensionierung.

Gott sei Dank kam es nicht dazu. Mit einem riesigen Blumenstrauß und einem noch größeren Präsentkorb entschuldigten sich die Beamten bei ihr: »Unglückliche Umstände. Die anonyme Anzeige…« »Das war bestimmt mein geschiedener Mann!«

Aber der Hund! Er ist unser bester Spürhund. Wie konnte er sich so entsetzlich irren?

»Vielleicht hat er mich wieder erkannt. Ich komme fast täglich über die Grenze, weil ich auf der anderen Seite wohne und hier arbeite.«

»Ja, so wird es wohl sein«, stammelten die Männer und grüßten sie wie eine alte Freundin, wenn sie den Schlagbaum passierte. Sie dachte dann immer: Mein Gott, wie einfach war das gelaufen. Sie selbst hatte dem Zoll mitgeteilt, dass sie Heroin im Gipsverband hätte. Natürlich hatte sie keins, wenigstens nicht beim ersten Mal, dafür danach dann aber täglich, ohne Angst vor Kontrolle. Nichts lässt sich so leicht hinters Licht führen wie Männer. Beim Hund war das schon schwieriger. Aber eine Prise Heroin auf den Gips gestreut hatte auch bei ihm die Wirkung nicht verfehlt.

Sieg der Gerechtigkeit

Als Inspektor Carter die Bankfiliale in der Endstreet betrat, wusste er, dass er wieder einmal zu spät kam. Der Kassierer saß hinter dem Zahlschalter und starrte ihn mit leeren Augen an. Carter sah den münzgroßen Einschuss in der linken Brust und das Blut. Angewidert wandte er sich ab.

Blitzlichter flammten auf. Die Leute vom Spurensicherungsdezernat waren bereits bei der Arbeit. Inspektor Carter wusste genau, was sie finden würden. Der Tote war mit einer Beretta Automatic erschossen worden, Kaliber Point Two Two Long Rifle. Die Zeugen würden übereinstimmend aussagen, der Räuber sei klein und drahtig gewesen, ein buschiger Schnurrbart habe seinen Mund verdeckt und eine dunkle Brille seine Augen.

Es war wie immer. Er hatte ohne Vorwarnung seine Pistole gezogen und den Kassierer aus zwei Meter Entfernung erschossen. Niemand der Anwesenden wagte eine Bewegung. Ein zitternder Bankangestellter füllte Geldscheine in einen Plastiksack, den der Unbekannte ihm zuwarf. Der Räuber bewegte sich mit der tödlichen Überlegenheit eines Wolfes unter Lämmern. Ohne Hast verließ er die Bank, um mit einem Volkswagen davonzufahren, den er am Tag zuvor gestohlen hatte.

Es war immer das Gleiche.

Als Carter seinen Dienstwagen durch den Freitagnachmittagsverkehr nach Hause steuerte, liefen noch einmal die Ereignisse der letzten Monate vor ihm ab.

Der erste Überfall hatte sich in der Filiale der Barclays Bank unten am Fluss ereignet. Im Abstand von jeweils drei Monaten waren fünf weitere Überfälle erfolgt. Der vorletzte war auf den Tag genau vor drei Monaten im Südwesten der Stadt passiert. Der Bursche hatte achtzehntausend Pfund erbeutet. Wieviel es wohl diesmal war?

Es schien eine Kette ohne Ende zu werden. Der Räuber schlug mit der Regelmäßigkeit eines Raubtieres zu. Carter graute es, wenn er an die Schlagzeilen der Abendzeitung dachte. Der Innenminister hatte sich bereits eingeschaltet. Erfolge wurden erwartet. Es waren noch vier Jahre bis zu Carters Pensionierung. Er war zu ehrgeizig, um seinen Stuhl vorzeitig einem anderen zu überlassen.

Es gab keine Spur in dem Asphaltdschungel der Millionenstadt. Dabei war der Mörder nicht einmal übertrieben vorsichtig. Er arbeitete stets mit der gleichen Waffe und Maske, operierte in pünktlichen Abständen und fuhr wie ein alter Bankkunde immer mit dem gleichen Wagentyp vor. Er schien so etwas wie ein Volkswagen-Narr zu sein. Die Zeitungen witzelten bereits, dass die Käfer des Unbekannten dem Land mehr Schaden zugefügt hätten als alle Kartoffelkäfer des letzten Sommers. Und dennoch war dieser deutsche Käfer Carters große Hoffnung. Dieser Autospleen würde dem Bankräuber das Genick brechen. Aber wann? Carter hatte nicht mehr viel Zeit. Sechs Menschen waren bereits erschossen worden, und es sah so aus, als würden es bald sieben werden.

Als die Weiden am Themse-Ufer zu blühen begannen, waren drei Monate seit dem letzten Überfall vergangen. Wenn der Räuber seinen Terminkalender nicht verloren hatte, war die Schonzeit der Londoner Banken abgelaufen. Eine nervöse Unruhe bemächtigte sich der Stadt. Die Banken hatten alle nur möglichen Vorkehrungen getroffen, um ihr Geld und Personal zu schützen. Im Yard herrschte Alarmstufe eins. Der Minister hatte ein Urlaubsverbot für alle Beamte erlassen. Die Zeitungen hielten die Schlagzeilen für den siebten Überfall bereit. In den fertigen Drucksätzen fehlten nur Ort und Zeit der Tat und der Name des erschossenen Kassierers.

Eine ganze Stadt wartete.

Carter hatte eine Sonderkommission zusammengestellt. Er selbst verließ den Yard nicht mehr und schlief auf einer Pritsche in seinem Büro. To be prepared is all. Die Stunden flossen so träge dahin wie das schmutzige Wasser in der Themse. Nichts geschah. Der Unbekannte ließ sich Zeit. Carters Nerven waren bis zum Zerreißen gespannt. Wenn er dieses Mal versagte, musste er gehen. Am Freitagmorgen klingelte das Telefon.

»Eine Frau will Sie sprechen, Chef«, sagte die Telefonistin. »Sie sagt, sie will nur mit Ihnen sprechen. Es sei wichtig.«

Carter hörte das Klicken der Verbindung und vernahm eine weibliche Stimme: »Inspektor Carter?«

Er bejahte.

»In einer Stunde wird der Mann, den Sie suchen, auf dem Parkplatz vor der Central Station seinen Volkswagen stehlen.«

»Wer spricht denn da?«, fragte Carter. Aber die Frau hatte bereits aufgelegt. Er sah auf die Uhr. Es war zwanzig nach zehn. War das der Tipp, auf den er gewartet hatte, oder erlaubte sich da jemand einen schlechten Scherz mit ihm? Er musste jeder Fährte folgen. Er hatte keine andere Wahl.

In einem leer stehenden Büro im Bahnhofsgebäude bezog er mit zwei Polizisten einen Beobachtungsposten. Drei Stockwerke unter ihnen lag die Autoparkfläche. Carter zählte zwölf Volkswagen vom Käfertyp. Der Unbekannte musste schon unverschämten Mut haben, um sich hier seinen Wagen zu besorgen.

Kurz vor zwölf kam ein Mann mit einer schwarzen Aktentasche. Er ging zu einem grauen Volkswagen, öffnete die Tür, wollte einsteigen, da sahen Carter und seine Leute, wie einer der Parkwächter zu dem Wagen lief und den Parkschein verlangte. Er verglich ihn mit der Nummer des Parkzettels hinter dem Scheibenwischer, hob protestierend die Arme. Der Wagen wurde gestartet. Der Parkwächter riss die Wagentür auf und versuchte den Fremden nach draußen zu zerren. Der Mann wehrte sich, so gut er konnte.

»Das ist er!«, rief Carter und jagte in Riesensätzen die Treppe hinunter. Im Laufen entsicherte er seine Dienstpistole. Als er ins Freie stürzte, sah er, dass der Unbekannte aus dem Wagen geklettert war und auf den Parkwächter einschlug. Er riss sich los und... In diesem Augenblick war Carter zur Stelle und warf sich auf den Fremden. Doch bevor er ihn erreichte, traf ihn die Faust des Mannes in den Magen. Er taumelte zurück. Der Räuber griff in die Manteltasche, zog seinen Revolver. Fast gleichzeitig schossen Carter und der Polizist. Der Mann stand einen Augenblick regungslos neben dem Wagen. Dann sank er langsam in sich zusammen und blieb mit dem Gesicht zum Boden auf der Straße liegen. Carter nahm dem Toten die Waffe aus der Hand. Es war eine Beretta Automatic, aus der, wie sich später herausstellte, alle Todesschüsse des Bankräubers abgefeuert worden waren. Die Abendzeitungen feierten in breiten Schlagzeilen den stolzen Sieg der Gerechtigkeit über den sechsfachen Raubmörder Pellet, der am Cavendish Square sein Geschäft für Jäger und Angler betrieben hatte. Er galt als Waffenexperte, war unverheiratet und hatte weder Angehörige noch Freunde. Seine Kunden schilderten ihn als einen höflichen, zuverlässigen Mann, der weder rauchte noch trank und regelmäßig für den Tierschutzverein spendete. Der Volkswagen, der den Gangster zur Strecke gebracht hatte, gehörte einer jungen Irin. Der Parkwächter erhielt die von der Barclays Bank ausgeschriebene Belohnung von fünfhundert Pfund, da sich die anonyme Anruferin nicht meldete. Das geraubte Geld in Höhe von fast achthunderttausend Pfund wurde nicht gefunden. Die Versicherungsgesellschaften kamen für den Schaden auf.

Als Carter drei Wochen später im Einuhrexpress nach Schottland saß, um seinem wohlverdienten Sonderurlaub entgegenzufahren, nickten die Mitreisenden im Speisewagen ihm freundlich und ehrfurchtsvoll zu. Da war niemand, der sein Abbild nicht in der Zeitung oder im Fernsehen gesehen hätte. Er war so berühmt wie Lord Nelson nach der Schlacht von Trafalgar.

Im Speisewagen desselben Zuges saß eine junge Irin. Sie dachte über ihre Zukunft nach. Achthunderttausend Pfund waren eine Menge Geld. Sie betrachtete sich im Spiegel ihrer Puderdose. Man sah ihr nicht an, dass sie sechs Männer auf dem Gewissen hatte. Eigentlich waren es sogar sieben. Und dabei war alles so einfach gewesen. Der erste Teil des Abenteuers war spätestens nach dem zweiten Überfall reine Routinearbeit gewesen. Das Wichtigste waren gute Nerven. Und wenn man von Natur aus schwach war, musste man sich halt den nötigen Respekt mit der Waffe verschaffen. Alle Männer sind Feiglinge. Schwierig war nur der Abgang. Ein guter Krimi steht und fällt mit seinem Ende. Sie konnte nicht einfach aufhören und sich zurückziehen. Die Spürhunde von Scotland Yard hätten die Jagd niemals aufgegeben. Sie musste die Angelegenheit zu einem sauberen Ende führen. Pellet war genau der Richtige gewesen. Er war nicht größer als sie – gut für die Zeugenaussagen! – und lebte allein und zurückgezogen, was die Alibifrage erleichterte.

Sie war mit ihrer Pistole zu Pellet gegangen, als er allein im Laden war. Vorher hatte sie aus dem Magazin eine Stahlfeder entfernt.

»Können Sie das reparieren?«

»Aber gewiss. Sie können die Waffe noch heute haben.«

»Vielen Dank, aber ich bin in Eile. Ich muss die Abendfähre nach Calais noch erreichen. Wenn ich am Freitag zurück bin, hole ich mir die Waffe bei Ihnen ab. Als allein stehende Geschäftsfrau – ich bin Goldschmiedin – fühle ich mich ohne meine Beretta verloren.«

Pellet stellte fest, dass sie in der Tat einen schutzbedürftigen Eindruck machte. Sie wirkte zart und zerbrechlich wie ein Vogel. Die Stupsnase und die Sommersprossen gaben dem Gesicht jenen kindlichen Ausdruck, der besonders bei reiferen Männern väterliche Schutzgefühle aufkeimen lässt.

Er beobachtete durch die Schaufensterscheibe, wie sie zu ihrem Volkswagen eilte, den sie direkt vor dem Geschäft geparkt hatte. Hastig steckte sie den Zündschlüssel ins Türschloss und brach ihn mit einem kurzen kräftigen Ruck ab. Wie erwartet bot Pellet ihr seine Hilfe an. Die Zeit drängte. Es war fünf Minuten vor eins. Von eins bis zwei war der Laden geschlossen. Er fuhr sie in seinem Wagen zum Bahnhof. Ritterlich, wie er war, versprach er, nicht nur ihre Beretta zu reparieren, sondern auch den Volkswagen. »Eine Kleinigkeit. Ich bitte Sie. Kaum der Rede wert.« Sie kamen überein, dass er sie am Freitag mit ihrem reparierten Wagen abholen würde. Er habe sowieso in der Nähe des Bahnhofs zu tun. Die Waffe würde er dann gleich mitbringen.

Der Zug tauchte jetzt in einen Tunnel ein. Die Deckenbeleuchtung flammte auf. Die junge Irin betrachtete Inspektor Carter. Der hatte sich eine Tabakspfeife angezündet. Im Profil sah er aus wie Sherlock Holmes. Und so schien er sich auch zu fühlen. Wenn du wüsstest, dachte sie.

Am Freitagmittag hatte sie ihn angerufen: »In einer Stunde wird der Mann, den Sie suchen, auf dem Parkplatz vor der Central Station einen Volkswagen stehlen.«

Dann hatte sie vor dem Bahnhof auf Pellet gewartet. Sie beobachtete, wie er den Wagen parkte und im Bahnhofsgebäude verschwand. Sie ging zu ihrem Wagen, öffnete ihn mit ihrem Zweitschlüssel, entfernte den alten Parkzettel, fuhr einmal um den Block der parkenden Wagen und setzte den Käfer wieder dort ab, wo sie ihn vor zwei Minuten übernommen hatte. Sie winkte den Parkwächter herbei und kaufte einen neuen Parkschein, der jetzt nicht mehr mit dem von Pellet übereinstimmte.

»Ich komme gerade von der Bank«, sagte sie. »Glauben Sie, ich könnte meine Handtasche mit dem Geld im Auto lassen. Sie wissen ja, die Bahnhöfe sind voller Ausländer. Ich bin gleich wieder zurück.«

»Machen Sie sich keine Sorgen, Ma'am. Das ist ein bewachter Parkplatz.« Er sprach in beruhigendem, überlegenen Tonfall, so wie man mit Kindern spricht: Keine Angst, der Onkel wird's schon machen.

Als Pellet zum Wagen zurückkehrte, war er ärgerlich. Er hatte eine halbe Stunde lang vergeblich auf seine Kundin gewartet. Es kam zum Streit zwischen ihm und dem Parkwächter. Doch da waren Parker und seine Leute schon zur Stelle. Auf beiden Seiten wurde erbittert gekämpft, so wie man eben kämpft, wenn man sich im Recht weiß. Der arme Pellet muss wohl geglaubt haben, es handele sich um eine ganze Bande von Autodieben. Er fühlte sich für das ihm anvertraute fremde Eigentum so verantwortlich, dass er nach der Beretta griff, die er in der Manteltasche bei sich trug. Das hätte er nicht tun dürfen. Er wurde erschossen.

Damit war der Fall erledigt, auch wenn es da noch einige unaufgeklärte Dinge gab, so stand doch zweifelsfrei fest, dass Pellet die Beretta Automatic bei sich trug, mit der alle Überfälle ausgeführt worden waren. Und hatte er bei seiner Verhaftung nicht wiederum kaltblütig nach seiner Waffe gegriffen, um sie rücksichtslos einzusetzen?

Die junge Irin trank von ihrem Tee.

»Das ist Inspektor Carter, der den Bankräuber Pellet erschossen hat«, flüsterte der Speisewagenkellner ihr zu.

Sie blickte zu dem Helden hinüber. Carter spürte ihre Blicke und schenkte ihr ein überlegenes Lächeln.

Sie versuchte zurückzulächeln. Es misslang.

Liebesbriefe

Die Liebe hat ihre eigene Sprache. Manchmal sprechen Rosen, manchmal die Augen, manchmal wippende Brüste, im Falle von Erwin Engelbrecht waren es Briefe, Liebesbriefe. Es verging kein Tag, an dem er ihr nicht schrieb. Sie hieß Katrin und war die Schönste, die ihm je begegnet war. Denn schön ist alles, was wir mit Liebe betrachten. Nun hatte er allerdings nicht viel Gelegenheit, sie mit Liebe zu betrachten, denn sie wohnte acht Autobahnstunden entfernt von ihm im niedersächsischen Norden, während er sich im bayerischen Süden nach ihr sehnte.

Trennung, so sagt man, lässt matte Leidenschaft verkümmern und starke wachsen. Seine Leidenschaft wuchs im Quadrat der Trennung. Kein Tag, an dem er ihr nicht schrieb: Ich liebe dich. Obwohl es sowohl in seinem Büro als auch unter seinen Bekannten eine ganze Reihe von beachtenswerten Frauen gab, die auch Interesse an ihm bekundeten, existierte für ihn nur die Eine. Bekanntlich bewirkt Liebe, dass der von ihr Befallene vermeint, nur diese eine ganz bestimmte Person lieben zu können und niemals mehr eine andere.

Lieben – für die meisten Menschen Betrachten, Befühlen, Beriechen und Beschmecken – war für ihn Beschreiben. Er beschrieb seine Gefühle, Sehnsüchte, Träume, vor allem aber beschrieb er jede Menge Briefpapier, jeden Tag mindestens einen Bogen. Denn man liebt so sehr, wie man bereit ist, einem Menschen seine Zeit zu widmen. Da laut Umfrage Frauen an Männern vor allem Geist und Witz schätzen, waren seine Briefe nicht nur gefühlvoll, sondern auch humorvoll. So schrieb er ihr: »Ich liebe dich im Liegen, Sitzen und Stehen. Und wenn wir einmal Engel sind, machen wir's auch im Fliegen.« Und: »Liebe ist die schlimmste Krankheit von allen – da müssen immer gleich zwei ins Bett, mindestens zwei.«

Einmal verstieg er sich sogar in die Behauptung, die Deutschen seien völlig verklemmt. Sie glaubten, dass das Wort *Erotik* von *erröten* komme, und setzte gleich dagegen: »Liebhaber und Feinschmecker wissen, dass man bisweilen die Sau rauslassen muss, um Trüffeln zu finden.«

Aber er schrieb ihr auch so schöne entsagungsvolle Worte wie: »Sex will einen Körper, Liebe einen Menschen, und den erreicht man auch durch brieflich übertragene Gedanken und Zärtlichkeiten, wohl wissend, dass unsere Fantasie unser wichtigstes Geschlechtsorgan ist.«

Sie fand seine Briefe toll. Als angehende Deutschlehrerin hatte sie ein fast professionelles Verhältnis zur Schreibkultur. Liebe war für sie, wie konnte es anders sein, ein Hauptwort, bisweilen auch ein Verhältniswort, nicht unbedingt ein Bindewort und ganz und gar kein Umstandswort.

Sie widersprach ihm, die Deutschen seien durchaus nicht verklemmt. In ihrer Grammatik gebe es sogar drei Geschlechter. Sie hatten sich im Sommerurlaub an der See kennen gelernt. Am letzten Abend vor seiner Abreise hatten sie sich heiß und heftig in einem Strandkorb geliebt, so wie man sich halt liebt, wenn man den ganzen Tag nackt in der Sonne gelegen hat. Seitdem schrieben sie sich, wie gesagt täglich, jedenfalls er, denn er war davon überzeugt, dass dieser intime Briefaustausch ihre Liebe so sicher bewahren würde wie der Balztanz der Birkhähne die Liebesbereitschaft der Birkhennen. Und das tat er auch. Aber anders als Erwin es sich erhofft hatte.

Sie schrieb ihm in ihrem letzten Brief:

»Gestern habe ich mit dem jungen Postboten geschlafen, der mir seit Wochen deine Liebesbriefe bringt. Gelegenheit macht Liebe. Glaube mir, Verkehr ist besser als Briefverkehr. Sex ohne Liebe ist wie Liebe ohne Sex. Der wichtigste unserer fünf Sinne ist der sexte, und der will nicht beschrieben, sondern belebt werden.«

Schöne Bescherung

Nun war eingetreten, was sie immer gefürchtet hatte. Sie war entlassen worden, fristlos, mitten im Advent!

»Räumen Sie Ihren Schreibtisch und gehen Sie!«

Es war ja vorauszusehen. Der Alte war der geizigste Chef, den sie je in ihrem Leben gehabt hatte.

»Lassen Sie nicht immer alle Glühbirnen brennen. Und beeilen Sie sich! Zeit ist Geld, mein Geld.«

Erst gestern hatte er gesagt: »Ein Adventskranz im Büro – Was soll das? Ich hoffe doch sehr, dass Sie den aus Ihrer Tasche bezahlt haben.«

Er zählte ihr sogar die Teebeutel ab. Zweimal sechs Stück in der Woche, denn sie arbeiteten auch samstags. Mit der Verteilung der Arbeit war er immer großzügig. Aber wenn es ums Löhnen ging, war er ein widerwärtiger Pfennigfuchser. Als sie zu Weihnachten die Postkartengrüße versehentlich wie Briefe frankiert hatte, war ihr die Mehrausgabe vom Lohn abgezogen worden.

Dabei lief das Geschäft hervorragend.

Und jetzt hatte er sie dabei erwischt, wie sie privat telefoniert hatte, mit ihrer Mutter, wozu sie sich bei all den unbezahlten Überstunden durchaus moralisch berechtigt fühlte. Er hatte sie angeschrien: »Privatgespräche sind Diebstahl. Und Diebstahl ist ein Grund zu fristloser Kündigung. Es gibt so viele Arbeitslose, die Ihren Job für sehr viel weniger Geld besser machen.«

Sie wartete in dem Café gegenüber, bis er das Gebäude verlassen hatte. Dann kehrte sie noch einmal zurück, nahm an seinem Schreibtisch Platz und rief die Auskunft an. Sie wählte eine längere Nummer und ging, nachdem sie den Schlüssel durch den Türschlitz geworfen hatte. Es war Samstagmittag. Vor Montagmorgen würde niemand das Büro betreten. Und bis dahin würde aus dem Hörer, der neben dem Telefonapparat lag, die Zeitansage von Tokio ertönen, 43 Stunden lang, die Minute für vier Dollar. Ja, Zeit ist Geld! Wie Recht er hatte, dieser Geizkragen.

Auferstehung

Er trieb auf dem Wasser wie ein Stück Holz, und die Flut war kalt, eiskalt. Ihn fror. Er zog die vor der Brust gekreuzten Arme noch näher an den Leib. Dabei bemerkte er, dass er nackt war. Die Berührung mit der eigenen Haut ließ ihn erschauern. Wo bin ich?

Einen Atemzug lang schwebte er zwischen Traum und Erwachen. Dann riss ihn die Kälte aus dem Schlaf. Er erlebte sich auf einer harten Unterlage, nackt ohne Laken und Bettdecke. Der Raum war nachtdunkel. Durch eine kellerfensterartige Öffnung sickerte kaltes Licht, Mondlicht oder der Schein einer Straßenlaterne. Als seine Augen sich an die Dunkelheit gewöhnt hatten, erkannte er andere Liegen.

Lag da nicht jemand dicht neben ihm? Er drehte sich auf die Seite, streckte seinen Arm aus und fuhr zurück. Seine Fingerspitzen hatten Haut berührt, nackte Haut, aber so kalt wie totes Fleisch. O mein Gott!

Erschrocken fuhr er auf: Wo bin ich? Wie komme ich hierher? Sein Lebenswille verdrängte die Fragen. So wie ein Ertrinkender nichts weiter will als Atem holen, so verlangte sein Leib nach Wärme: Ich brauche Kleidung, bevor ich erfriere. Barfuß auf eiskalten Fliesen, schlotternd vor Kälte mit klappernden Zähnen tastete er sich an der Wand entlang zu einem Schrank, in dem er eine Wolldecke fand. Eingewickelt wie eine Mumie ließ er sich in einer Ecke des Raumes nieder und genoss die Wärme, die seine erstarrten Glieder wieder mit Leben erfüllte. Mit dem Leib erwachten auch wieder seine Lebensgeister. Er kniff sich unter der Wolldecke in die Brustwarze und sagte laut und deutlich: »Das hier ist kein Traum.« Er wiederholte den Satz mehrmals, als müsse er sich selber von der Richtigkeit seiner Erkenntnis überzeugen.

Ich bin nicht verrückt. Ich bin völlig in Ordnung. Gut, ich habe einen Bypass, Herzprobleme, Asthma, bisweilen. Aber wer ist schon hundertprozentig okay? Stress, Übergewicht. Na und? Ohne mein überschüssiges Fett wäre ich hier wahrscheinlich erfroren. Wo bin ich überhaupt?

Aus Gewohnheit wollte er einen Blick auf seine Armbanduhr werfen. Das Handgelenk war leer. Dabei entdeckte er die Befestigung an seinem anderen Unterarm. Es sah aus wie ein Kettchen, mit denen bisweilen der Stöpsel am Badewannenausfluss befestigt wird. Ein Schild hing daran. Er streifte es ab und hielt es sich dicht vor die Augen. Hagen Hentschel las er. Hagen Hentschel – das bin ich, Dipl.-Ing., Architekt und Stadtplaner.

Plötzlich überfiel ihn die Erkenntnis, dass er in einem Leichenschauhaus lag, im Leichenkeller eines Krankenhauses.

Er war tot, nicht wirklich tot, sonst säße er hier nicht, eingewickelt in eine Wolldecke und würde nachdenken. Cogito, ergo sum. Wie wahr! Aber für die andern war er tot, für Angelica und Andreas, seinen Sohn, für seinen Partner und die Freunde. Seltsamerweise schien ihn diese Vorstellung zu belustigen. Sie hielten ihn wahrhaftig für tot. Sein Ableben konnte nicht weit zurückliegen. Ganz gewiss lag er noch nicht lange hier, sonst hätte die Kälte ihn umgebracht.

Er versuchte sich zu erinnern. Wie war das doch gewesen? Ein runder Geburtstag. Sein eigener? Nein, er war voriges Jahr sechzig geworden. Angelicas vierzigster. Ja, richtig. Geburtstagsdinner im Adlon für achtzehn Gäste. Er hatte die Tischrede gehalten. Hatte er sie gehalten? Er hatte sie ausgearbeitet. Sie endete mit den Zeilen von Ringelnatz:

Ich habe dich so lieb.
Ich könnte dir ohne Bedenken
Eine Kachel aus meinem Ofen schenken.

Nun, eine Kachel hatte er ihr nicht geschenkt, aber der gewünschte Pelzmantel war einige dutzend Kachelöfen wert.

Er war erst am Abend aus Zürich zurückgekehrt, hatte sich nicht wohl gefühlt, Atemnot und diese lästigen Stiche in der linken Schulter. Die Zeit drängte. Alles musste so schnell gehen.

Ob ich wohl an der Festtafel umgefallen bin? Oder während der Geburtstagsrede?

Er vermochte sich nicht zu erinnern.

Plötzlich fiel ihm ein, dass man um ihn trauerte, dass er seinen Lieben fürchterlichen Schmerz zugefügt hatte.

Ich muss hier raus, dachte er, so schnell wie möglich.

Wie aber sollte das vor sich gehen? Schon aus Gründen der Pietät war der Leichenkeller ganz gewiss verschlossen. Er tastete sich zur Tür und stellte mit Genugtuung fest, dass sie sich von außen nur mit einem Schlüssel öffnen ließ, von innen aber einen Drehknopf hatte, mit dessen Hilfe man den Raum jederzeit verlassen konnte.

In einer Wäschekammer am Ende des Ganges fand er Unterwäsche und Kittel für Ärzte, sogar Socken und Sandalen. Ein Abreißkalender an der Wand zeigte den 15. Mai. Zwei Tage zuvor hatten sie Angelicas Geburtstag gefeiert. Auf der großen Uhr in der Empfangshalle war es kurz vor elf, elf Uhr abends, wie er feststellte, als er ins Freie trat. Die Nachtschwester an der Rezeption las in einem Buch. Sie nahm nur flüchtig Notiz von ihm. Ihre Aufgabe war es, Einlieferungen zu registrieren. Was interessierte sie da ein umherstreifender Krankenpfleger. Über dem Eingang stand in beleuchteten Lettern: Katharinen-Krankenhaus. Glück im Unglück, denn die Klinik lag am Rande des Villenviertels, in dem er wohnte. Was hätte er sonst bloß gemacht, ohne einen Pfennig für Bus oder Taxe?

Es war ein heller Maienabend, mild und voll Amselgesang. Als er am Friedhof vorbeikam, begann eine Nachtigall zu schlagen. Er verharrte lauschend bei der Friedhofshecke, betrachtete den Mond und die Gräber. Es hätte nicht viel gefehlt, und er läge auch dort drüben. Bei dem Gedanken an seine bevorstehende Beerdigung beschleunigte er seine Schritte.

Ob sie wohl sehr um ihn trauerten? Die Armen. Er musste äußerst behutsam vorgehen, um sie nicht zu Tode zu erschrecken. Am Ende hielten sie ihn noch für ein Gespenst aus dem Grab.

Als er die Architektenvilla in der Kastanienallee erreichte, brannte hinter den Fenstern im Obergeschoss noch Licht. Unter der Steinplatte beim Kellereingang fand er den Ersatzschlüssel, den sie dort versteckt hielten, falls mal einer seinen Hausschlüssel vergessen sollte.

Behutsam öffnete er die Tür. Auf Zehenspitzen schlich er durch die Diele, die Treppe nach oben. Auf halbem Weg vernahm er die Stimme seines Sohnes. Andreas – oh, welche Freude! Die Tür zum Kinderzimmer war nur angelehnt. Ein schmaler Lichtstreifen fiel in den abgedunkelten Flur.

»Nun tu doch bloß nicht so, als hättest du ihn gemocht«, hörte er Andreas sagen. »Hast du vergessen, was er uns für Schwierigkeiten gemacht hat? Er fand dich nicht gut genug für seinen Sohn, eine Türkin, die nichts weiter vorzuweisen hat als ein Paar prachtvolle Titten. Als Architekt wirst du nicht nur danach beurteilt, wie du wohnst, sondern auch, mit wem. Unser Kapital ist unser guter Geschmack. Von einem Architekten mit einem Allerweltsweib erwartet man auch keine überdurchschnittliche Gestaltungskraft.«

»Das hat er gesagt?«

»Ja, das hat er gesagt. Seine junge Frau war für ihn nur ein Aushängeschild, ein Statussymbol wie sein Porsche Carrera. Er war ein Kotzbrocken, ein verdammt egoistischer Kotzbrocken, der sein Leben gelebt hat ohne Rücksicht auf uns und die anderen. Jedes Jahr sind wir seinetwegen nach Sylt geflogen und haben uns den Arsch abgefroren, weil Sylt für ihn ›in‹ war. Wie gerne wären wir mal in die Berge gefahren.

Weil sein Büro einen Nachfolger braucht, musste ich Architektur studieren. Aber damit ist Schluss. Jetzt richte ich mir mein eigenes Tonstudio ein und mache nur noch in Musik. Kohle gibt es reichlich. Unser Steuerberater schätzt das zu vererbende Vermögen auf zehn Millionen. Zehn Millionen!!! Mein Gott, was lässt sich damit alles anfangen!«

»Aber das Geld gehört doch nicht alles dir«, sagte die weibliche Stimme.

»Nein, natürlich nicht, aber zwei Millionen sind ja auch nicht zu verachten.«

»Und was wird aus dem Architekturbüro?«

»Das wird von unserem Partner geführt. Er und Angelica sind schon seit einem Jahr Partner, nicht nur geschäftlich, sondern auch im Bett. Mein Gott, was müssen die gejubelt haben, als den Alten endlich der Schlag traf! Ich gönne es Mutter. Sie hat es verdient. Nach zwanzig Jahren Ehehaft mit diesem alten Fettsack endlich einen richtigen Mann im Bett.«

»Du hast deinen Vater nicht gemocht?«

»Ich habe ihn gehasst. Als er mich mit sechzehn ins Internat steckte, hätte ich ihn töten können.«

»Du übertreibst.«

»Ich will wir etwas zeigen.«

Eine Schublade wurde geräuschvoll geöffnet.

»Ein Revolver«, sagte die Frauenstimme. Es klang erschrocken.

»Ich habe ihn aus Tschechien mitgebracht. Es hat nicht viel gefehlt, und ich hätte ihn damit umgelegt.«

»Das ist schlimm, sehr schlimm«, sagte die Frauenstimme. Und nach einer Weile: »Es ist spät. Ich muss gehen.«

»Ich fahre dich nach Hause.«

Hagen Hentschel schlüpfte ins Nebenzimmer. Er hörte, wie sie die Treppe hinuntergingen. Eine Tür fiel ins Schloss.

Die Stille war erdrückend. Aber was war das? Stöhnte da nicht jemand? Er trat in den Flur hinaus. Da war es wieder, am unteren Ende des Ganges. Es kam aus seinem Schlafzimmer. Ein leises Wimmern. Angelica! Mein Gott, sie weint um mich!

Er schlich sich näher, legte sein Ohr an die Tür, und nun vernahm er ganz deutlich ihre Stimme:

»Ja ... ja ... so ist es gut. Hör nicht auf! Mach es mir! Oh, du bist wundervoll. Hör nicht auf. Ich liebe dich.«

Erschrocken fuhr er zurück. Das rhythmische Knarren des Bettes war nicht zu überhören, das Keuchen seines Partners und über allem immer wieder ihre Lustschreie. Welch ein Albtraum!

Er lehnte an der Tür seines eigenen Schlafzimmers und musste mit anhören, wie sich seine Frau seinem Freund und Partner hingab. Und mit welcher Geilheit sie es tat! Bei mir hat sie nie so wollüstig gestöhnt. Ich liege noch nicht unter der Erde, und sie treiben es in meinem Bett. Sie feiern meinen Tod wie einen Sieg. Ich musste erst sterben, um die Wahrheit zu erkennen: Niemand liebt mich. Welch tödliche Wahrheit meines eigenen Versagens. Mein einziges Kind hasst mich. Meine Frau liebt einen anderen. Und das schon seit einem Jahr. Sie haben darauf gewartet, dass ich verrecke. Das Herz schlug ihm bis zum Hals. Da waren wieder diese bösen Stiche in der linken Brust. Er spürte, wie der Tod nach ihm griff. Der Schweiß lief ihm in die Augen.

Das hier ist nicht mehr mein Haus, dachte er. Angst

überfiel ihn, Empörung, Verzweiflung und Zorn. Das Spiel ist aus!

Die Stiche in seiner Brust wurden heftiger.

Plötzlich wusste er, was er zu tun hatte.

Das Schloss zum Leichenkeller bereitete ihm nur wenig Mühe. Er entkleidete sich und brachte die Wäsche zurück in die Kleiderkammer, aus der er sie entnommen hatte.

Als er wieder nackt auf der Bahre lag, spürte er bereits die Wirkung der Schlaftabletten, die er daheim im Badezimmer eingenommen hatte. Es waren so viele, dass er nicht noch einmal aufwachen würde.

Nein, nicht noch einmal, dachte er. Aber meine Rückkehr aus dem Reich der Toten war notwendig, um Ordnung in mein Leben zu bringen. Ordnung und Gerechtigkeit – waren sie nicht das Fundament aller Zivilisation?

Langsam dem Leben entgleitend, liefen noch einmal die Bilder der jüngsten Ereignisse vor seinem inneren Auge ab. Wie in einem Film sah er sich in das Zimmer seines Sohnes gehen. Er öffnete ein Schubfach und entnahm ihm den Revolver. Er erlebte noch einmal das Entsetzen in ihren Augen, als er das Schlafzimmer betrat. Der Junge würde ein Problem haben, wenn sich herausstellte, dass sie mit seinem Revolver erschossen worden waren. Und keiner käme auf den Gedanken, im Leichenschauhaus nach einem Täter zu suchen, der schon zwei Tage vor dem Doppelmord verstorben war.

Fastenzeit

Als der Prälat Monsignore Carlo Corleoni am Haus des Priesters Don Abruzzo vorüberging, glaubte er, der Teufel wolle ihn narren. Eine Duftwolke von Gebratenem und Geselchtem umfing ihn: eine nasale Sündenvision. Er blieb stehen, hob die Nase in die Luft wie ein Gefahr witterndes Wild. Der Fleischgeruch blieb. Erschrocken schlug der Prälat ein Kreuz. Ganz ohne Zweifel handelte es sich um eine der vielen Versuchungen, mit denen der Böse die Verzichtübenden quält. Wie konnten am Karfreitag Bratendüfte aus dem Haus des Priesters entströmen? Sie kamen aus dem geöffneten Küchenfenster. Der Prälat trat näher; der Geruch wurde stärker. Wie kann etwas sein, das nicht sein kann? Er wollte es wissen. Die Haustür war unverschlossen. Ohne anzuklopfen trat er ein. Aus der

Wohnstube klang Besteckklappern. Mit raschen Schritten durchquerte er den Flur.

»Verzeihung, Don Abruzzo, aber die Haustür war offen.«

»Kommt herein, Monsignore Corleoni«, erwiderte der Priester.

Er saß am Tisch und schnitt sich eine Scheibe von dem Schweinsbraten ab, der vor ihm auf dem Tisch stand. »Leider kann ich Euch nicht einladen, denn Ihr dürft am Karfreitag kein Fleisch zu Euch nehmen. Es sei denn, Ihr wollt mit ein wenig Schafskäse und Weißbrot vorlieb nehmen.«

Der Prälat lehnte das Angebot mit einer ärgerlichen Handbewegung ab. Wie zur Salzsäule erstarrt stand er da und betrachtete den Priester, der entweder den Verstand verloren hatte oder ein Teil der teuflischen Versuchung war. Don Abruzzo schob sich ein Stück von dem Braten zwischen die Lippen. Er kaute mit offenem Mund und sagte: »Setzt Euch.«

Der Prälat ließ sich auf den am nächsten stehenden Stuhl fallen und suchte nach Worten. Seine Blicke wanderten über den Tisch: Schinkenspeck, Kochwürste, Mortadella und Braten. Der Prälat, ein wohlbeleibter Gourmand, der während der ganzen Fastenzeit nicht dergleichen gesehen oder gar gegessen hatte, spürte, wie ihm das Wasser im Mund zusammenlief, wie die Versuchung Gewalt über ihn gewann. Er schluckte ein paar Mal und sagte:

»Ja, schämt Ihr Euch gar nicht. Sitzt hier am Karfreitag im Anblick des Gekreuzigten dort oben an der Wand und erfreut Euch ohne Rücksicht auf die Leiden des Herrn an den Freuden des Fleisches.«

»Ihr irrt Euch«, sagte der Priester. »Ich erfreue mich nicht an dem Fleisch, ich erleide es.«

»Ihr tut was?«

»Ich erleide es.«

»Wollt Ihr mich verarschen?«, wollte Corleoni fragen. Doch er beherrschte sich und sagte gequält lächelnd: »Ihr scherzt.«

»Nein, keinesfalls. Seht Ihr, Monsignore Corleoni, es ist so: Ich bin überzeugter Vegetarier und esse das ganze Jahr über weder Fleisch noch Fisch oder Eier. Für mich ist der Verzicht auf Fleisch während der Fastenzeit kein Opfer. Da aber auch ich dem Herrn ein Opfer bringen will, so überwinde ich an diesen Tagen meinen Ekel vor dem Fleisch und zwinge mich, mir die Leichenteile meiner tierischen Freunde einzuverleiben. Wenn Ihr wüsstet, welche Übelkeit mir dieser Kannibalismus verursacht, so würdet Ihr mich nicht schelten, sondern bedauern.«

Liebestod

Während eines Fluges von Toledo nach Bilbao saß ich neben einem alten Herrn, der ganz so ausschaute, wie man sich als Deutscher einen Spanier vorstellt. Seine Koteletten, jetzt eisgrau, reichten hinab bis zu den Kinnbacken. Von gleicher Farbe der sauber gestutzte Schnurrbart unter der langen geraden Nase. Raubvögel haben so wachsame, ausdrucksstarke Augen. Eingebettet in unzähligen Fältchen blitzten sie mit seinen dritten Zähnen um die Wette. Er bekaute die gezwirbelten Spitzen seines Schnurrbartes und las dabei in einer Tageszeitung, die in ihrer Schlagzeile vom Selbstmord einer jungen Schauspielerin berichtete. Darunter auf einem Foto war ihr Gesicht abgebildet, ein sehr schönes Gesicht.

Es gehört nicht zu meinen Gepflogenheiten, in den

Zeitungen anderer Leute mitzulesen. Aber dieses Foto lenkte meine ganze Aufmerksamkeit auf sich. Der Señor bemerkte es und sagte:

»Eine traurige Angelegenheit.«

»Weiß man, warum sie es getan hat?«

»Aus Liebe natürlich. Gibt es einen anderen Grund, wenn man so jung und so schön ist?«

»Wie kann man sich aus Liebe töten? Sie meinen gewiss aus Verzicht, weil man nicht bekommt, was man will.«

»Manchmal auch, weil man bekommt, was man sich mehr als alles andere gewünscht hat.«

Er sagte das so, dass ich ihn erstaunt und fragend anschaute. Und er wäre kein Spanier gewesen, wenn er mir nicht seine Geschichte erzählt hätte.

»Es ist fast ein halbes Jahrhundert her. Damals war Spanien noch Spanien; Männer waren noch Männer und Frauen Frauen.

Sie war so schön wie die Señorita auf dem Foto hier, aber blond und von Adel. Ich nannte sie Comtessa, denn sie war die Tochter eines englischen Earls. Sie hatte Musik studiert und arbeitete an einem Buch über spanische Tänze.«

Der Alte strich sich über seinen Bart und sagte: »Ich war ihr Begleiter. Nun, um der Wahrheit die Ehre zu geben, ich war ihr Chauffeur, denn es war damals noch nicht üblich, dass junge Frauen allein mit ihren Automobilen die Landstraßen verunsicherten. Aber ich war mehr als ihr Chauffeur. Ich war ihr Dolmetscher, Reiseführer, Krankenpfleger und Beschützer. Vor allem war ich ihr größter Verehrer.

Von Tarragona kommend fuhren wir in ihrem Bentley die katalanische Küste entlang. Der Tag war heiß gewesen. Nun, als wir uns den Pyrenäen näherten, bezog sich der Himmel, und es wurde kühl und begann zu regnen. Die Berge wurden höher und die Straßen schlechter. Ich hatte einen Weg genommen, der auf der Autokarte wie eine Abkürzung aussah, der sich aber dann in endlosen Windungen durch felsiges Gebirge wand. Bei strömendem Regen quälten wir uns durch menschenleere Dörfer, deren Häuser wie Wespenwaben über dem Abgrund hingen. Nicht weit von der Grenze nach Andorra erreichten wir einen etwas größeren Ort. In einem alten Belle-Époque-Hotel fanden wir recht komfortables Quartier. Und hier begegneten wir ihm.

Er hieß Juan Belmonte und war ein junger Tänzer, der von Ort zu Ort reiste, um dort in Hotels und Restaurants aufzutreten. Der Junge tanzte nicht nur mit ungewöhnlicher Meisterschaft, er sah auch unverschämt gut aus. Ein typischer Kastilianer mit Zigeunerblut in den Adern. Seine Hosen saßen wie eine zweite Haut auf den schlanken Hüften. Volles, blau-schwarzes Haar umwehte seinen Kopf wie eine Mähne. Ein alter Herr begleitete ihn auf einer Gitarre. Er selber aber war der Fleisch gewordene Rhythmus, aus Stampfen, Klatschen und Kastagnettenklang. Ein getanzter Feuersturm aus Flamenco, Fandango im Dreiachteltakt und im wilden Trippelschritt der Seguidilla.

Er hat sie gleich am ersten Abend in seinen Bann geschlagen. Es war Liebe auf den ersten Blick. Wir buchten auch für den nächsten Tag, an dem wir eigentlich unsere Fahrt fortsetzen wollten, einen Tisch an der Tanzfläche. Wie hypnotisiert saß sie da und verfolgte jede seiner Bewegungen mit wachsendem Erstaunen. Als er noch am selben Abend abreiste, bat sie mich herauszufinden, wohin. Von da an reisten wir ihm nach.

Sie war ihm verfallen.«

Der alte Spanier zwirbelte seinen Schnurrbart und meinte: »Mit dem Flamenco ist es wie mit der Corrida. So wie das Wesentliche des Stierkampfes nicht darin besteht, den Stier zu töten, sondern die Kampfbereitschaft des wilden Tieres so zu leiten, dass es sich dem menschlichen Willen unterordnet, so geht es auch beim Flamenco wie bei der Balz um Werbung, Verführung und Unterwerfung.

Die Comtessa begann aufzublühen wie ein Mandelbäumchen zu Santa Barbara. Es war, als wäre ein Licht in ihr entzündet worden. Ihre Augen, ihre Lippen, ihr Lachen, alles begann zu leuchten. Ich hätte die Gefahr erkennen müssen. Stattdessen erfreute ich mich an ihrem Glück.

Natürlich war auch dem Jungen nicht entgangen, dass wir ihm nachreisten, dass wir, wo immer er auch auftrat, dicht bei der Tanzfläche auf ihn warteten. Aber er tat so, als nähme er uns nicht wahr. Zur Schau gestellter unnahbarer Stolz ist ein wesentlicher Bestandteil dieser alten iberischen Tänze. Sie strotzen geradezu von Stolz und machohafter Arroganz. Für den Tänzer existieren die Anwesenden nicht. Er ist die Flamme über der Glut, die um ihrer selbst willen brennt.

Er nahm die Frau, die ihn liebte, nicht wahr oder wollte sie nicht wahrnehmen. Wahrscheinlich, so sagte ich mir, interessierte er sich wie viele Tänzer mehr für Männer als für Frauen.

Wer die Liebe kennt, weiß, dass nichts so sehr unser Begehren weckt wie Nichtbeachtung oder Verweigerung. Meine Comtessa litt, wie nur Liebende zu leiden vermögen.

Mein Gott, sie war ja noch so jung und zerbrechlich. Wenn man sie aufhob, war sie leicht wie eine Feder.

Und dann geschah, was keiner von uns beiden für möglich gehalten hätte. Es war in Saragossa, eine mondhelle Nacht im Garten des Parkhotels Eboli. Juan Belmonte hatte seinen ersten Auftritt mit großem Applaus hinter sich gebracht, als er an unseren Tisch trat, sich verneigte und die Comtessa bat, ihn bei seinem nächsten Tanz zu begleiten.

Sie wurde so blass, wie ich sie noch nie erlebt hatte. Alles Blut schien von ihr gewichen. Sie wollte etwas erwidern, brachte aber keinen Laut hervor.

Der Junge hatte sich tief zu ihr hinabgebeugt. Zum ersten Mal schaute er sie so an, als habe auch er sich in sie verliebt. Komm, Bella, bat er. Bitte komme und tanz mit mir.

Sie schüttelte ihren schönen Kopf. Der Junge, der

das für Scham oder mädchenhafte Verlegenheit hielt, streckte ihr beide Hände entgegen und bat sie noch einmal, ihm zu folgen: Es ist ganz leicht. Ich führe dich. Du brauchst keine Angst zu haben. Bitte.

Die Comtessa schüttelte verneinend ihren Kopf. Er griff nach ihr. Sie riss sich los und schrie: Nein. Die Umsitzenden begannen zu tuscheln und zu kichern.

Der Junge, dem dergleichen wohl noch nie passiert war, fühlte sich in seiner Mannesehre verletzt, der Lächerlichkeit preisgegeben. Er sagte mit wegwerfender Handbewegung etwas Herabsetzendes, mit dem er die Lacher auf seine Seite brachte. Er genoss den Triumph und machte noch einmal eine wegwerfende Handbewegung in Richtung unseres Tisches. Merluza, sagte er. Merluza ist ein hässlicher Fisch, ein dickköpfiger Seehecht. Merluza sein heißt aber auch betrunken sein. Und ein Merlo ist ein Dummkopf. Die Comtessa sprach genügend Spanisch, um zu wissen, was eine Merluza ist.

Starr wie eine Puppe saß sie auf ihrem Stuhl. Irgendetwas Lebenswichtiges war in ihr zerbrochen.

Der Junge kehrte zur Tanzfläche zurück und würdigte uns keines Blickes mehr.«

Der alte Herr wischte sich eine Träne aus dem Augwinkel.

»Aber warum hat sie ihm einen Korb gegeben?«, fragte ich.

Er überhörte meinen Einwand und sagte:

»Als ich sie am Ende der Tänze auf ihr Zimmer trug,

glühte sie wie in Fieberschauern. Am anderen Morgen war sie tot. Schlaftabletten …«

»Sie haben sie auf ihr Zimmer getragen?«

»Ja, ich habe sie immer getragen. Vor jeder Flamenco-Veranstaltung habe ich sie an ihren Platz getragen. Sie hatte gelähmte Beine. Vielleicht hat sie deshalb den Tanz so geliebt. Sie hatte sich nichts so gewünscht wie das, was ihr an ihrem letzten Abend gewährt wurde. Ihr Unglück war, dass sie bekam, was sie wollte.«

Das Geheimnis der Geheimnisse

Ich habe auf meinen Lesereisen an den abenteuerlichsten Orten aus meinen Büchern vorgetragen: in Gefängnissen und Kirchen, an arabischen Lagerfeuern, an Bord eines Traumschiffes und neulich sogar in einer Irrenanstalt. Ich weiß, diese Häuser heißen heute nicht mehr so. Da ich aber zu den Autoren gehöre, die sich um eine ehrliche Aussage bemühen, mag ich den *Arbeiter* lieber als den *Arbeitnehmer*, wie es heute heißt. *Volk* bedeutet mir mehr als *Bevölkerung*. Neger sind keine *Farbigen*. Papageien sind farbig. *Krüppel* klingt für mich ehrlicher als *Schwerbeschädigte*. Zu Schrott gefahrene Autos nennt man schwer beschädigt, aber nicht Lebewesen mit einem Geburtsfehler. *Sanft entschlafen* für *sterben* ist so verlogen wie *Vorwärtsverteidigung* für *angreifen*. Aufregende Mädchen haben keine Hinterteile, Popos oder Gesäße, sondern knackige Ärsche; und sie träumen nicht vom Beischlaf, sondern … aber lassen wir das. Wir kommen vom Thema ab.

Bleiben wir bei der Irrenanstalt. Sie liegt im niedersten Niederbayern, in der Holledau, was auf Hochdeutsch soviel heißt wie feuchte Hexenwiese, weil diese von der Abens durchflossenen Auen einen großen Teil des Jahres von Nebelschwaden umwabert werden.

Die Irren – oder falls sie sich daran stoßen sollten, die geistig Verwirrten (oder noch neudeutscher: the mentally disturbed ones) – werden hier in einem ehemaligen Wasserschloss betreut, oder ehrlicher: gefangen gehalten. Denn die Fenster sind vergittert wie in einer Strafanstalt.

Ich hatte am Nachmittag dort gelesen in einem schlossartigen Saal mit reich verziertem Deckenstuck und offenem Kamin, vor drei oder vier dutzend Zuhörern beiderlei Geschlechts. Es war eine Auswahl der weniger Pflegebedürftigen, wie mir eine katholische Ordensschwester versicherte.

Dennoch war ich zunächst erschrocken, als ich meinem Auditorium gegenübersaß. Sie verhielten sich nicht so, wie ich es gewöhnt war. Nicht nur, dass sie mit den Köpfen wackelten, aufsprangen und die Arme in die Luft warfen, einige lachten auch an Stellen, an denen es weiß Gott nichts zu lachen gab; andere begannen in die Hände zu klatschen, bevor ich mit meinem Text am Ende war. Da gab es hochgradig Nervöse mit zuckenden Gesichtsmuskeln und Phlegmatiker von reptilhafter Starre.

In dieser Flut von Grimassen fiel mir ein Mann mit randloser Brille und weißem Stoppelbart auf. Er saß in der Mitte der zweiten Reihe und strahlte so viel Selbstsicherheit aus, als sei er der Direktor der Anstalt. Er kam nach der Lesung zu mir, um mich auf eine Tasse Tee einzuladen.

»Gehen Sie nur«, sagte die Ordensschwester zu mir, als ich sie fragte, ob das rechtens sei. »Der Professor ist ein harmloser alter Herr, verwirrt, aber herzensgut und keinesfalls dumm. Manche halten ihn sogar für genial. Sie wissen ja, Genie und Wahnsinn liegen oft dicht beieinander.«

»Und warum ist er hier?«

»Er ist freiwillig zu uns gekommen. Er hat einen Turm unseres Wasserschlosses gemietet.«

»Gemietet?«

»Ja, er zahlt dafür, um bei uns seinen Studien nachgehen zu können. In Wahrheit braucht er unsere Hilfe. Wenn er seine epileptischen Anfälle bekommt, steht es schlimm um ihn.«

Als ich seinen Wohnturm betrat, gelang es mir nicht, meine Überraschung vor ihm zu verbergen: »Das ist ja…!«

Mein Gastgeber genoss mein Erstaunen und meinte lachend: »Was hatten Sie erwartet, eine Gummizelle?«

Ich blickte auf eine Bücherwand, die das ganze Rund

des Raumes umspannte, vom Fußboden bis unter die Decke. Historische Titel, medizinische Abhandlungen, Dissertationen, Nachschlagewerke, Sammelbände von Fachzeitschriften, und das alles in mehreren Sprachen.

Über eine Wendeltreppe stiegen wir in den darüber liegenden Raum, der von einer ledernen Polstergarnitur beherrscht wurde. Auf einem niedrigen Tisch wartete über brennendem Stövchen eine Teekanne auf uns. Der alte Herr bot mir einen Sessel an, füllte unsere Tassen und sagte: »Ich habe Ihr Buch ›New York liegt im Neandertal‹ gelesen, eine faszinierende Arbeit, besonders das Kapitel über die Pyramiden.«

»Sie interessieren sich für das alte Ägypten?«

»Nein, nicht für Ägypten. Die Pyramiden sind, wie Sie ganz richtig in Ihrem Buch schreiben, viel älter als das Ägypten der Pharaonen.«

So begann unsere Teestunde, von der ich ohne Übertreibung behaupte, dass sie zu den ungewöhnlichsten gehört, die ich je habe erleben dürfen. Ein Gespräch über eine voratlantische Kultur im Wehrturm einer Wasserburg, die eine Irrenanstalt beherbergte. In dem kreisrunden Turmzimmer brannten trotz der Tageszeit mehrere Kerzenleuchter, denn durch die schießschartenartigen Fensterschlitze fiel nur spärliches Licht. Es war eine Atmosphäre wie bei einer spiritistischen Sitzung.

»Wissen Sie«, sagte der alte Herr nach der zweiten Tasse Tee zu mir, »um das Wesen unserer Herkunft zu ergründen, müssen Sie nicht die Paläontologen, Psychoanalytiker, Archäologen oder gar Theologen studieren, sondern die Irren. Sie stehen den Quellen näher als der hirngesteuerte Massenmensch unserer Termitenkultur. Der Irre ist noch mit der Urnatur vernabelt. Er ist nicht verkabelt mit jener elektronischen Scheinwelt voller Aberwitz und Wahnvorstellungen, ohne die die neue Computergeneration nicht mehr zu leben vermag.«

Er rührte in seiner Tasse und sagte: »Denken heißt mit kranken Augen sehen. Der Satz stammt von Sartre. Und er hat Recht. Nehmen Sie zum Beispiel René Descartes, ein großer Denker, Philosoph, Mathematiker und Naturwissenschaftler. Er gilt als der Erfinder der analytischen Geometrie, aber die Körper der Menschen und Tiere hielt er für Maschinen, die der Tiere sogar nur für Automaten, die ausschließlich von physikalischen Gesetzen regiert werden und kein Gefühl oder Bewusstsein haben. Glauben Sie mir, nur wenige Irre kämen auf so abwegige Gedanken.

Auch die Scholastiker des Mittelalters haben ihre Welt nicht erfahren, sondern zerdacht. Mit pedantischer Streitsucht haben sie darüber diskutiert, ob Adam und Eva einen Bauchnabel hatten. Ganze Konzile zerbrachen sich darüber den Kopf, ob die Seele mit dem Samen übertragen oder jedes Mal neu geschaffen wird, wie Thomas von Aquin behauptete, womit er ein geistiges Eigentor schoss, denn das wäre das Ende der von der Kirche so eifrig verteidigten Erbsünde. Es ist ja die Seele, die sündigt; und wenn die bei jeder Zeugung neu erschaffen wird, wie kann sie dann Adams Erbsünde übertragen?«

Der Alte füllte meine Tasse mit heißem Tee, ohne von seinem Thema abzuweichen. Man sah ihm an, wie sehr er es genoss, einen Zuhörer gefunden zu haben.

»Und wenn Sie noch weiter zurückgehen in der Menschheitsgeschichte bis zu Sokrates, Plato und Aristoteles, so stoßen Sie überall auf die Erkenntnis: Denken heißt mit kranken Augen sehen. Aristoteles, den man noch bis ins Hochmittelalter für den größten Denker aller Zeiten hielt, lehrte, Männer hätten mehr Zähne als Frauen, Schwalben hätten keine Füße, und Kinder sollten am besten im Winter bei Nordwind gezeugt werden. Aber nicht seine Fehlschlüsse sind Besorgnis erregend, schlimm ist, dass diesem Aristoteles wie seinem Kollegen Descartes jegliches Gefühl für Güte oder Menschenfreundlichkeit fehlt. Kriege sind gut zur Gewinnung von Sklaven. Die Leiden der Menschen lassen ihn, sofern er sich ihrer überhaupt bewusst wird, völlig unberührt. Selbst seine Schilderung der Freundschaft ist lau und matt. Niemals merkt man ihm an, dass er irgendwelcher tieferen Erlebnisse fähig wäre, bei denen er auch nur ansatzweise Gefahr laufen würde, den Verstand zu verlieren.«

Den letzten Teil des Satzes sprach er mit großer Eindringlichkeit, so als gäbe es nichts Wichtigeres, als hin und wieder den Verstand zu verlieren. Nach einer Weile fuhr er fort: »Schizophrene hören Stimmen, die andere nicht wahrzunehmen vermögen. Das ist kein Defekt, wie man allgemein glaubt, sondern eine Rückkehr zum Urzustand. Früher in der voratlantischen Kultur haben viele Menschen diese Stimmen gehört. Sie glaubten, die Götter sprächen zu ihnen, so wie zu Moses, Mohammed und all den anderen Ver- oder richtiger Entrückten, die davon überzeugt waren, Gott habe zu ihnen gesprochen.«

Der alte Herr setzte seine Teetasse ab und blickte mir ins Gesicht, als wollte er meine Reaktion auf seine Worte prüfen.

Nach einer Weile sagte er: »Auch ich höre diese Stimmen. Aber im Gegensatz zu den meisten Schizophrenen, denen diese Stimmen Angst einflößen, habe ich mich an sie gewöhnt, nein, nicht gewöhnt, ich habe gelernt, mit ihnen zu leben, auf sie zu hören.«

»Sie meinen, Gott spricht zu Ihnen?«

»Nein, nicht Gott. Es sind... wie soll ich es Ihnen erklären... es sind die Stimmen unserer Rasse, Familie oder Art.«

»Unserer Art?«

»Ja, unserer biologischen Art. Ich will versuchen, es Ihnen zu erklären.«

Er erhob sich und begann im Zimmer auf und ab zu laufen.

»Ein Laie könnte glauben, eine Biene sei ein Einzelwesen, das da frei durch die Gegend fliegt. In Wirklichkeit ist die Biene in ihrem Stock nur ein allein nicht existenzfähiges Organ wie die Nieren in unserem Körper. Das eigentliche Tier ist nicht die Biene, sondern der Imme, wie die Imker sehr richtig sagen, wenn sie von einem Bienenvolk sprechen, so als wäre es ein Tier, und das ist es auch. Sämtliche Bienen sind auf höherer geistiger Ebene miteinander vernetzt wie die Zellen eines Leibes. Aber auch alle Bienenvölker sind durch eine übergeordnete Gruppenseele miteinander verbunden. Und das gilt nicht nur für die Bienen, sondern für alle Lebewesen.«

Ich wollte eine Frage stellen, aber der alte Herr ließ mich nicht zu Wort kommen. Er belehrte mich mit erhobenem Zeigefinger: »Dafür gibt es eine Menge Beispiele. Nehmen Sie zum Beispiel den Kartoffelkäfer. Es gibt ihn schon seit vielen tausend Jahren, aber bis zu Beginn des 19. Jahrhunderts interessierte er sich nicht für Kartoffeln und hatte vermutlich auch einen ganz anderen Namen. Innerhalb von zwei Jahren machten sich alle Käfer über die Kartoffelpflanze her.

Oder nehmen Sie die Meisen an der Ostküste der USA. In den Vierzigerjahren des vorigen Jahrhunderts kam eine von ihnen auf die Idee, den Stannioldeckel einer Milchflasche aufzupicken und sich an der Milch gütlich zu tun. Innerhalb kürzester Zeit wurden alle Milchflaschen so gründlich geplündert, dass die Milchmänner sie nicht mehr vor den Haustüren abstellen konnten. Der britische Biologe Francis Sheldrake kam zu dem Ergebnis, dass sich die Fähigkeit, Milchflaschen zu öffnen, um ein Vielfaches schneller ausbreitete als die Population der Meisen. Dieses Kunststück konnte also nicht von den Eltern auf die Brut übertragen worden sein. Und genauso verhält es sich mit dem Kartoffelkäfer.

Die Weitergabe von Erfahrungen innerhalb der Gruppenseele ein und derselben Art lässt sich bei allen Lebewesen einschließlich der Menschen feststellen. Dafür spricht die lange Reihe von Erfindungen, die unabhängig voneinander an völlig verschiedenen Orten fast gleichzeitig gemacht werden.

Die Zeit war halt reif dafür, heißt es dann, ohne das Phänomen erklären zu können.«

Der Professor schnäuzte sich die Nase in einem Taschentuch so groß wie eine Serviette und fuhr fort:

»Unsere Wissenschaft ist davon besessen, alle Dinge zu zerlegen, zu sezieren und zu spalten bis hinab zum Atom und noch darüber hinaus. Selbst den Grundbaustein des Lebens, die Zelle, haben wir in Chromosomen und Gene zerschnippelt. Mithilfe von Elektronenmikroskopen können wir Viren betrachten, die kleiner sind als die Wellen des Lichtes. Vor lauter Sezieren sind uns die großen Zusammenhänge verloren gegangen. Es geht uns wie dem Wissenschaftler, der sein ganzes Leben lang Kamelzellen studierte, und als ihm eines Tages ein richtiges Kamel begegnete, wusste er nicht, was für ein Tier das war.

Glauben Sie mir, unsere so genannten Naturwissenschaften haben mit Wissen soviel gemein wie Kunststoff mit Kunst.

Wie kann man zum Beispiel glauben, wir könnten

die Natur bedrohen? Wir stehen nicht außerhalb der Natur. Wir sind ein Teil von ihr, so wie meine Nase ein Teil von mir ist. Kann meine Nase meinen Leib bedrohen?«

»Aber wir bedrohen doch die Natur«, warf ich ein. »Unsere Bevölkerungslawine, die Umweltverschmutzung – das können Sie doch nicht leugnen.«

Der Professor rückte seine Brille zurecht und meinte: »Bevor die ersten Pflanzen auf der Erde ins Leben gerufen wurden, gab es in der Atmosphäre so gut wie keinen Sauerstoff, dafür aber reichlich Kohlendioxid, den die Pflanzen für ihren Lebensprozess benötigen. Als Abfallprodukt wurde dabei Sauerstoff frei. Dieser Abfall reicherte sich in der Luft so reichlich an, dass die Pflanzen erstickt wären, wenn unsere Erde nicht ein unglaubliches Abgaskonzept entwickelt hätte. Eine völlig neue Gattung von Lebewesen trat auf den Plan, nämlich die Tiere. Ihr Stoffwechsel war so beschaffen, dass sie Sauerstoff benötigten und Kohlendioxid ausatmeten.

Diese fein ausgewogene Balance funktioniert seit fast einer Milliarde Jahre, trotz erheblicher Verluste von Kohlenstoff durch permanente Ablagerung in der Erde. Große Mengen kohlenstoffhaltiger pflanzlicher Substanz gehen so dem Kreislauf verloren, weil sie von Sedimenten zugedeckt in der Erde zu Kohle und Erdöl werden. Sie wären hier wohl für immer dem lebendigen Erdorganismus entzogen, wenn dieser nicht wiederum eine neue Lebensform auf den Plan gerufen hätte, einen Zweibeiner, der wie manche Insekten zur Staatenbildung neigt und mit vereinten Kräften und besonderer technischer Begabung Schächte in die Erdrinde bohrt, um den verlorenen Kohlenstoff nach oben zu befördern und zu verbrennen, wodurch er wieder dorthin gelangt, wohin er gehört. Seltsamerweise halten das manche Zweibeiner für widernatürliche Umweltverschmutzung.

Wenn die Bienen in der Lage wären, moralische Skrupel zu empfinden, so würden vermutlich auch sie der Fehleinschätzung erliegen, sich selbst für Schmarotzer zu halten, die den armen Blütenpflanzen den Honig stehlen. Sie wüssten nicht, dass sie in Wahrheit eine ungemein wichtige Aufgabe zu erfüllen haben, nämlich den Erhalt der Blütenpflanzen. Beim Menschen liegen die Dinge ähnlich. Auch wir haben unsere Aufgabe im Gesamtorganismus der Schöpfung zu erfüllen. Der Vulkan, der mit einer einzigen Eruption die Lufthülle mehr belastet als die moderne Menschheit in einem ganzen Jahrzehnt, steht nicht außerhalb der Schöpfung, weil er ihren harmonischen Ablauf stört. Und das gilt auch für uns. Menschliche Zivilisation und Natur sind kein Gegensatz, sondern eine untrennbare Einheit. Wir stehen keinesfalls als Störenfried außerhalb der Natur. Welch eine Anmaßung ist es zu glauben, dazu wären wir fähig! Wir sind ein Teil des Ganzen, ein sehr wesentlicher Teil.

Das Leben verläuft in immer wiederkehrenden Kreisläufen: Tag und Nacht, Sommer und Winter, Warmzeit und Eiszeit. Manche sind so groß, dass wir Kurzlebigen sie nicht wahrzunehmen vermögen. Dennoch spielen wir in ihnen ganz entscheidende Rollen wie die schon erwähnten Bienen.

Derzeitig ist es unsere Aufgabe, das Erdklima anzuheben und damit die Polkappen zum Schmelzen zu bringen. Wir müssen bestimmte Arten ausrotten, um für andere Platz zu schaffen. Mithilfe der Radioaktivität, dem Elektrosmog und dem chemisch belasteten Wasser werden wir jede Menge Mutationen in Gang setzen.«

Der Alte ließ sich in einem Sessel nieder und tupfte sich den Schweiß von der Stirn. Der lebhaft vorgetragene Exkurs und das Umherlaufen schien ihn erschöpft zu haben.

»Und das alles sagen Ihnen die Stimmen?«, fragte ich ungläubig.

»Nun, es sind keine Stimmen in der Art, mit der wir sprechen. Es sind tönende Gedankenbilder, inhaltsvolle farbige Klänge, aber laut und grell.«

Wir leerten unsere Tassen, und ich fragte: »Aber was hat das alles mit den Pyramiden zu tun?«

»Ja, richtig, die Große Pyramide von Gizeh! Sie stammt noch aus dem vorigen Kulturkreis. Wie schon erwähnt, gibt es auf der Erde immer wiederkehrende Abläufe, die viele Jahrtausende umfassen und deren Ende wir Menschen einleiten wie die Nachtfröste den Laubfall. Verglichen mit dem Jahreslauf befinden wir uns bereits im Winter. In rasantem Tempo arbeiten wir am Finale. Der Homo sapiens hat seine Aufgabe erfüllt. Er wird aussterben, fast aussterben. Einige wenige werden auf unterster Stufe in den Höhlen neu beginnen. Und falls auch die nicht überleben, wird der Beginn halt etwas tiefer angesetzt, bei den Affen.«

»Und welche Rolle spielt die Pyramide in diesem Kreislauf?«

»Die Menschen des letzten Kulturkreises haben sie vor ihrem Abgang errichtet, um uns zu warnen. Obwohl die Pyramide so einbruchsicher erbaut wurde, dass es nur einer technisch hoch entwickelten Zivilisation gelingen sollte, sie zu öffnen, fanden bereits die Pharaonen Zugang in ihr Inneres. Natürlich verstanden sie das dort bewahrte Wissen nicht. Sie warfen den nutzlosen Plunder weg, machten Spielzeug und Schmuck daraus, verwendeten die Pyramide als Grab für ihren Gottkönig. Ohne die Botschaft zu verstehen, übernahmen sie viele der rätselhaften Darstellungen, die sie in den Pyramiden gefunden hatten. So hielten sie in ihrer religiös geprägten Vorstellung die Mensch-Tier-Mischwesen für Götter.«

»Und was sind sie dann?«

»Sowohl die Sphinx, das Tier mit dem Menschenkopf, als auch all die anderen Figuren mit Menschenleibern und Köpfen von Löwen, Schakalen, Katzen und Falken sind Hinweise auf den schrecklichsten Sündenfall, den die Menschheit jemals begangen hat: die Genmanipulation, den frevelhaften Eingriff in das große Buch des Lebens. Jahrmillionen haben an ihm geschrieben, haben bewirkt, dass sich in unzähligen Populationen immer nur das Optimum zu entfalten vermochte.

Wer hier eingreift, legt Hand an das kostbarste Gut der Schöpfung. Dieser genetische Schatz ist der Garant für die Weiterexistenz der Menschheit, der Tierheit und der Pflanzenheit. In unendlich langen Phasen hat sich das eine aus dem anderen entwickelt. Und wir werfen alles in einen Topf, fügen aneinander, was nicht zusammengehört. Erschaffen Schweine mit menschlichen Genen. Lassen Affenherzen in Menschenbrüsten schlagen, spielen mit dem heiligen Feuer. Die Tierköpfigen der Großen Pyramide wollen nicht, dass wir ihnen Opfer darbringen, sie verkünden uns: Ihr seid das Opfer.

So wie wir auf unseren Starkstrommasten und Giftbehältern Totenköpfe zur Abschreckung anbringen: Nimm dich in Acht, sonst bist du des Todes!, so will uns der Apisstier mit dem Löwenhaupt – diese Schimäre aus Raubtier und Grasfresser – davor bewahren, heilige Kühe wie Schakale mit Kadaverfleisch zu mästen. In dem Bemühen, das Paradies auf Erden wiederherzustellen, soll der heilige Johannes den Vorschlag gemacht haben, alle Raubtiere einzufangen und sie so lange in Käfigen zu halten, bis sie zu Pflanzenfressern umerzogen worden seien. Aber kein Geschlecht vor uns wäre auf den aberwitzigen Gedanken verfallen, Pflanzenfresser mit Fleischabfällen zu füttern. Denn damit wird der Anfang vom Ende heraufbeschworen, ein Sterben, gegen das der schwarze Tod des Mittelalters eine Kinderkrankheit war.«

Die letzten Worte hatte der Alte mit großer Erregung gesprochen. Seine weit aufgerissenen Augen waren wie in Trance auf einen Punkt in weiter Ferne gerichtet.

»Ich sehe das Ende«, sagte er. »Der Kreis schließt sich. Hören Sie es?«

»Was soll ich hören?«

»Die Stimmen. Da sind sie wieder. Verzeihen Sie mir, wenn ich Sie jetzt bitte zu gehen. Ich bin ein alter Mann. Das Gespräch hat mich erschöpft. Aber bitte, kommen Sie wieder, gleich morgen früh. Das Wichtigste habe ich Ihnen noch gar nicht enthüllt: das Geheimnis der Geheimnisse, die Große Pyramide. Es ist so ungeheuerlich, dass man darüber wahnsinnig werden müsste, wenn man es nicht schon wäre.«

Als ich am anderen Morgen bei strömendem Regen über die steinerne Brücke des Wasserschlosses hastete – ich hatte die Nacht in einem nahen Hotel verbracht –, erfuhr ich, dass der Alte in der Nacht einen Schlaganfall erlitten hatte und auf dem Weg ins Krankenhaus verstorben sei.

Seitdem frage ich mich, ob sein Tod Zufall war.

Das Geheimnis der Geheimnisse – durfte ich es nicht erfahren, weil ich seiner nicht würdig bin? Sind am Ende die Verrückten die Eingeweihten und wir die Idioten? Wenn ich mich unter den so genannten Normalen umschaue, gelange ich immer mehr zu der Erkenntnis, dass das so ist.

Du musst dein Leben ändern! Ich will mich bessern. Vergangenen Freitag habe ich zum ersten Mal die Stimmen gehört.

Die Ladendiebin

Wenn es wahr ist, dass Glatze und starker Bartwuchs ein sicherer Indikator für außergewöhnliche Männlichkeit sind, dann war er ein ganzer Kerl. Mit seinem kahlen Schädel und der dicken Hornbrille wirkte er aber mehr wie ein riesiges Insekt, eine Spinne, die in ihrem Netz auf Beute wartet. Und da kam sie auch schon auf hochhackigen Schuhen daher.

Der Kaufhausdetektiv saß in seinem Büro vor der Wand voller Bildschirme, mit deren Hilfe er alle Abteilungen überblicken konnte, und beobachtete die Frau. Schon beim Betreten des Geschäftes war sie ihm aufgefallen: groß, schmalhüftig mit prächtig entwickelten Brüsten. Das kastanienbraune Haar, zum Pferdeschwanz gebunden, reichte ihr bis zwischen die Schulterblätter. Sie trug ein geblümtes Sommerkleid mit aufgestelltem Kragen. Eine dunkle Sonnenbrille bedeckte ihre Augen. In der Hand schwenkte sie einen schwarzen Einkaufsbeutel. Sie bewegte sich mit wiegenden Schritten und machte einen unternehmungslustigen Eindruck.

Jäger und Sammlerin, dachte der Detektiv. Er hatte Erfahrung mit Frauen, die das Klauen nicht sein lassen können. Und die hier sah genauso aus, als ob sie dazu gehörte. Die Art, wie sie sich umschaute, wie sie ihre Umgebung studierte, war schon mehr als verdächtig. Im Laufe der Jahre hatte er einen sicheren Instinkt für seine Jagdbeute entwickelt.

Jetzt betrat sie die Abteilung für Damenunterwäsche. Bei einem Regal mit besonders erotischen Negligés blieb sie stehen, griff nach einem schwarzen Tangahöschen, wählte den dazu passenden Büstenhalter und einen Strumpfhalter mit Strapsen. Sie blickte sich noch einmal um und verschwand dann in einer Umkleidekabine.

Schade, dass wir dort keine Kameras haben, dachte der Detektiv. Die Vorstellung von dem, was sich jetzt hinter dem Vorhang tat, erregte ihn. Schon nach wenigen Sekunden verließ sie die Umkleidekabine wieder, doch dieses Mal mit leeren Händen.

Entweder sie hat die Wäschestücke in der Kabine hängen lassen, oder aber sie hat sie in ihrem Beutel.

Aber warum hatte sie es plötzlich so eilig? Ganz offensichtlich strebte sie dem Ausgang zu. Selbst aus der

Entfernung sah man ihr das schlechte Gewissen an. Immer wieder blickte sie sich um, als fürchtete sie, verfolgt zu werden.

Der Detektiv hatte genug gesehen. Er rannte, so schnell ihn seine Beine trugen, die Rolltreppe hinab und überholte sie, kurz bevor sie den Ausgang erreichte. Er zeigte ihr seinen Ausweis und sagte: »Bitte folgen Sie mir, ohne Aufsehen zu erregen!«

Sie wollte protestieren.

»Bitte ersparen Sie uns die Peinlichkeit vor all den Leuten hier. Kommen Sie mit in mein Büro. Alles Weitere wird sich dort finden.«

Sie schüttelte ihren Pferdeschwanz wie ein unwilliges Pferd und warf ihm zornig-trotzige Blicke zu, überschattet von Angst und Scham. Der Detektiv kannte diesen Gesichtsausdruck aus Erfahrung: ein wortloses Schuldgeständnis. Sein Instinkt hatte ihn nicht betrogen.

Er ließ ihr auf der Treppe den Vortritt. Seine Augen befanden sich mit ihrem prallen Hintern auf gleicher Höhe. Sie trug Nylonstrümpfe mit einer Naht und hatte verdammt hübsche Beine.

Er bot ihr den Sessel auf der anderen Seite seines Schreibtisches an und fragte: »Darf ich mal Ihren Einkaufsbeutel sehen?«

Sie reichte ihm den Beutel. Er entleerte ihn vor ihren Augen: Kamm, Lippenstift, Geldbörse, Papiere, Schlüssel, ein Handy, aber keine Wäscheteile.

»Darf ich fragen, wonach Sie suchen?«, fragte sie.

»Nach der Unterwäsche, mit der Sie die Umkleidekabine betreten, aber nicht wieder verlassen haben.«

»Ach so«, sagte sie, »die hängen noch in der Kabine. Ich habe sie nicht zurückgelegt.«

»Das lässt sich nachprüfen.« Der Detektiv führte ein kurzes Telefongespräch und meinte dann überlegen lächelnd: »Dort befindet sich nichts. Ich muss Sie bitten, Ihr Kleid aufzuknöpfen.«

»Was fällt Ihnen ein!«

»Gut, wenn Sie sich weigern, rufe ich die Polizei.« Er griff zum Telefonhörer und begann zu wählen.

»Nein, bitte keine Polizei.«

»Dann knöpfen Sie das Kleid auf!«

Sie tat es widerwillig, aber ohne weiteren Protest. Darunter kam der schwarze BH zum Vorschein.

»Vermutlich werden Sie mir jetzt erzählen, dass das Ihrer ist, mit dem Sie bereits hergekommen sind. Aber geben Sie sich keine Mühe. Das Etikett mit dem Preisschild unseres Hauses hängt noch daran. Und vermutlich ist es bei dem Slip und den Strapsen nicht anders. Wollen wir nachsehen?«

»Nein, bitte nicht. Sie haben Recht. Ich habe sie …« Sie suchte nach dem passenden Verb: »Ich habe sie anbehalten.«

»Sie haben sie gestohlen«, verbesserte sie der Hausdetektiv. »Ladendiebstahl ist kein Kavaliersdelikt. Auf Sie wartet nicht nur eine saftige Geldstrafe, sondern im Wiederholungsfall sogar Gefängnis. Und Sie machen das doch nicht zum ersten Mal. Oder?«

Sie saß da mit hochrotem Kopf, Schweißperlen auf der Stirn. Er betrachtete sie mitleidlos und meinte: »Wir werden jetzt die Polizei rufen.«

»Nein, nicht die Polizei«, bat sie, »bitte nicht.«

»Ja, das hätten Sie sich vorher überlegen müssen.«

Er genoss es, sie auf Gedeih und Verderb in der Hand zu haben. Der flehentliche Ausdruck in ihren Augen erinnerte ihn an einen kleinen bettelnden Hund. Sie war wie warmes Wachs in seinen Händen.

»Können wir die Angelegenheit nicht ohne die Polizei regeln?«

»Und wie stellen Sie sich das vor?«

Sie griff zu ihrer Geldbörse: »Ich bin bereit, jede Strafe zu bezahlen. Ich werde auch nie wieder …«

»Stecken Sie Ihr Geld weg«, sagte der Detektiv. Er betrachtete sie. Ihr Kleid war noch immer geöffnet. Der prächtig pralle Busen füllte den gestohlenen BH voll aus.

»Wenn ich mich ausnahmsweise dazu erweichen lasse, die Angelegenheit unter uns zu regeln, dann nicht mit Geld.«

»Sondern?«, fragte die junge Frau mit hoffnungsvollem Aufblitzen in ihren Augen.

»Nun, was könnten Sie mir außer Geld noch bieten?«

Sie fing seine Blicke auf, mit denen er ihre Brüste abtastete: »Sie meinen …?«

»Ja, das meine ich. Ziehen Sie Ihr Kleid aus, damit ich mich davon überzeugen kann, ob die geklaute Reizwäsche Ihnen wenigstens passt.«

»Nur ansehen?«, fragte sie.

»Haben Sie sich mit nur ansehen zufrieden gegeben? Nein, Sie wollten besitzen, was Ihnen nicht gehört. Warum soll ich mich mit weniger begnügen? Sie haben die Wahl zwischen Absitzen im Kittchen oder Abarbeiten hier in meinem Büro. Und von einer Frau, die so frivole Reizwäsche trägt, erwarte ich eine Spitzenleistung. Los, zieh dich aus!«

Sie zögerte noch zwei, drei Atemzüge, dann begann sie ihr Kleid aufzuknöpfen. Als es zu Boden glitt, war es so still im Zimmer, dass man das Fallen einer Stecknadel vernommen hätte. Da war nur der keuchende Atem des Mannes. Er saß da und genoss die Entblößung wie ein Kind, dem man das Weihnachtsgeschenk auswickelt. Eine junge aufregend erotische Frau, die ihn sonst vermutlich keines Blickes gewürdigt hätte, zog sich aus, um ihn sexuell zu verwöhnen.

Das süße Nichts des Tangas entblößte mehr, als es verbarg. Wie ein seidig glänzender Schatten umspannte er ihren Venushügel. Schwärzer als Rabengefieder lagen die Strapse auf der milchweißen Haut ihrer Schenkel. Mein Gott, und wie elastisch und üppig ihre Brüste den BH ausfüllten!

Nach einer Weile befahl er mit heiserer Stimme: »Dreh dich um!« Von hinten erschien sie ihm noch verlockender als von vorne. Die Art, wie der String des Tangas, zwischen ihren festen, nervös angespannten Pobacken eintauchte und verschwand, war atemberaubend.

»Leg den BH ab... und jetzt das Höschen!«

Und wieder betrachtete er sie. Sie war jetzt völlig nackt. Ihr Schoß war glatt rasiert. Die Brustwarzen hart aufgerichtet.

»Komm näher!«

Sie tat alles, was er von ihr verlangte. Welch ein aufregendes Spielzeug! Er hob sie auf den Schreibtisch und nahm sie im Stehen, dann von hinten am Fensterbrett, im Sitzen auf dem federnden Bürostuhl und auf dem Berberteppich bei der Minibar. Am Ende war er schweißnass, während sie noch so frisch aussah wie am Anfang ihrer unfreiwilligen Bekanntschaft. Überhaupt hatte sich ein rätselhafter Kräftewandel vollzogen. Während der Hausdetektiv an mentaler Überlegenheit verlor, schien die junge Frau mit jedem Stellungswechsel zu wachsen. Am Ende fragte sie ihn: »Wie alt bist du Ferkel eigentlich?«

»Fünfundvierzig.«

»Für fünfundvierzig bist du verdammt gut. Man merkt, du hast Erfahrung. Machst du das immer so mit deinen Ladendiebinnen?«

»Nicht immer, aber immer öfter«, grinste er.

»Du solltest dich schämen.« Sie griff nach dem Handy, das noch immer neben den anderen Gegenständen aus ihrem Beutel auf dem Tisch lag.

»Ich habe hiermit alles aufgenommen, was sich innerhalb der letzten halben Stunde ereignet hat: Erpressung, Vergewaltigung, Amtsmissbrauch. Es reicht für mehrere Jahre Gefängnis.«

Er entriss ihr das Handy.

»Das hat keinen Zweck«, sagte sie. »Unsere Gespräche wurden von meinem Anrufbeantworter daheim gespeichert. Eine Spezialanfertigung für Detektive.«

»Aber warum? Was soll das?« Er blickte sie an, als verstünde er die Welt nicht mehr.

»Das fragst du, ausgerechnet du? Du hast mich erpresst, weil ich eine Straftat begangen habe. Jetzt bin ich am Zug. Gleiches Recht für alle. Und glaube mir, was du getan hast, wiegt um ein Vielfaches schwerer als der Griff ins Regal für Unterwäsche. Jetzt hast du die Wahl zwischen der Polizei und einer internen Einigung. Keine Angst, ich will dich nicht vernaschen. Ich bevorzuge die finanzielle Variante, ein Strafmandat gewissermaßen.«

»Wieviel?«

»Viertausend in Euro, in bar und noch heute.«

»Soviel habe ich nicht bei mir.«

»Dann leih es dir. Ihr habt genügend Kassen in eurem Kaufhaus. Und vergiss nicht: Nachdem, was du dir heute geleistet hast, gehst du nicht nur für ein paar Jahre in den Knast, du kriegst auch nie wieder einen Job in deinem Beruf. Guck nicht wie ein Hund. Knöpf deinen Hosenschlitz zu. Wir werden die Polizei draußen lassen und die Angelegenheit intern regeln, verschwiegen und liebevoll nach Art des Hauses.«

Nachdem er sie bezahlt hatte, fragte er: »Was hättest du gemacht, wenn ich die Polizei gerufen hätte?«

Sie lachte und sagte: »Du hast ein sicheres Gespür für Kleptomaninnen, und ich für Sexomanen.«

»Bei mir ist es Berufserfahrung.«

»Was glaubst du, was es bei mir ist?«

»Soll das heißen, du machst das immer so?«

»Nicht immer«, sagte sie, »aber immer öfter.«

Raubüberfall

Die Tankstelle an der Autobahnzufahrt war schon dreimal überfallen worden. Jedes Mal waren die Tageseinnahmen geklaut worden. Und mit jedem Raub erhöhten sich die zu zahlenden Versicherungsbeiträge.

Wenn das so weitergeht, arbeite ich bald nur noch für die Räuber und die Versicherungen, dachte Fritz Mampe, der Inhaber der Tankstelle. Was zuviel ist, ist zuviel! Er würde sich eine einbruchsichere Tankstelle bauen, koste es, was es wolle. Es ging um mehr als um Sicherheit. Es ging ums Prinzip. Er war doch keine Kuh, die man beliebig melken konnte.

Er konzipierte das Kassenhaus der Tankstelle wie einen Bunker: Wände aus Stahlbeton. Als Zugang eine Tresortür. Die Scheibe aus so starkem Panzerglas, dass selbst eine Handgranate an ihr abgeprallt wäre.

Zu seinem Versicherungsagenten sagte Fritz Mampe: »Ich bin in meinem Führerbunker so uneinnehmbar wie Fort Knox. Jetzt können sie kommen.«

»Beschwören Sie das nicht. Nichts ist uneinnehmbar. Die Menschen haben sich die tollsten Sicherheitssysteme ausgedacht, vom Keuschheitsgürtel bis zur Alpenfestung, und alle sind irgendwann geknackt worden.«

»An mich kommt keiner ran. Die einzige Öffnung nach draußen ist der Schlitz beim Geldteller. Wer da durchschießen will, muss um drei Ecken schießen, und das gibt es nicht.«

Das sagte Fritz Mampe am Mittwoch. Am Freitag kurz vor Mitternacht fuhr ein Mann an seiner Tankstelle vor. Er holte einen Benzinkanister aus dem Kofferraum hervor.

»Zwanzig Liter«, sagte er. Mampe beobachtete ihn, wie er den Benzinkanister voll laufen ließ. Dann schraubte er auf die Einlauföffnung einen Gummischlauch.

Was macht der da bloß?, dachte er.

Der Mann kam zum Zahlschalter, schob den biegsamen Schlauch durch den Zahlteller, hob den Kanister hoch bis in Augenhöhe. Ehe Mampe sich versah, schoss das Benzin in vollem Strahl herein über ihn hinweg. Alles schwamm vor Nässe.

»Was soll das? Sind Sie übergeschnappt?«

Der Fremde hielt ein Feuerzeug in der Hand, dicht beim Zahlteller. Er sagte: »Sie geben jetzt die Tageseinnahme heraus, alles, oder Sie brauchen keine Feuerbestattung mehr.«

Fritz Mampe arbeitet jetzt in einer Friedhofsgärtnerei. Friedhöfe, so pflegt er zu sagen, sind die einzigen Orte in unserer kaputten Gesellschaft, wo man nicht um sein Leben bangen muss. Was mich aber am meisten ärgert, fügt er jedes Mal hinzu, ist die traurige Tatsache, dass ich dem Strolch, der meine Festung geknackt hat, auch noch die Munition dazu verkauft habe.

Der Dornröscheneffekt

Neulich habe ich in einem Altenheim einen weißhaarigen Herrn behandelt. Auf meine Frage, ob er schlafen könne, erwiderte er, er habe ein todsicheres Schlafmittel erfunden.

»Dann wären Sie ein reicher Mann«, lachte ich. Er aber erwiderte: »Es ist wie mit der Atomspaltung. Professor Hahn glaubte, er würde eine neue Energiequelle erschließen, und dann wurde eine Waffe daraus.«

Er begegnete meinem ungläubigen Blick, und so als wollte er sich rechtfertigen, begann er zu erzählen:

»Kein anderes Sinnesorgan übt so gewaltige Macht auf den Menschen aus wie das Ohr. Die Stimme eines Hypnotiseurs vermag denkende Menschen in willenlose Werkzeuge zu verwandeln. Jesus und Hitler haben die Welt nicht mit ihrem Aussehen verändert, sondern mit ihrer Stimme. Menschen werden zu Massen, die zu allem bereit sind. Wenn Sie jemals in einer Disco waren, wissen Sie, was ich meine. Junge Rebellen bewegen sich so hirnlos wie die Kolben eines Verbrennungsmotors, willenlose Opfer der Rhythmen. Musik brauchte keine Übersetzung wie Sprachen. Wagner jagt Japanern wie Texanern mythischen Mumm in die Knochen. Orgelklang macht sie gottgläubig. Selbst die Ratten von Hameln ließen sich von einer Flöte verführen.

Was sind dagegen Bilder? Bilder verblöden. Das sieht man doch beim Fernsehen und in unseren Illustrierten. Ich weiß, wovon ich spreche. Ich habe mich ein Leben lang damit befasst, vor allem nachts. Ich leide nämlich an Schlaflosigkeit. Oder richtiger: Ich habe darunter gelitten. Laut Statistik gibt es allein in Deutschland dreimal so viele Schlaflose wie Arbeitslose. Wenn sich Wiegenkinder in den Schlaf singen lassen, so muss das auch mit Erwachsenen möglich sein, sagte ich mir.

Als gelernter Toningenieur befasste ich mich mit narkotischen Klängen und entwickelte ein somnambules Computerschlafprogramm, das ich an Labormäusen testete und ständig verfeinerte. Ich fühlte mich wie Sigmund Freud und Albert Einstein in einer Person.

Und dann war es endlich soweit. Ich arbeitete als Toningenieur bei einem kleinen Regionalsender. Der Pfarrer, der das Wort zum Sonntag sprach, hatte mich gebeten, dezente Hintergrundmusik zu spielen. Das war der richtige Moment, meine somnambulen

Einschlafklänge abzuspulen. Wie die Säuglinge würden sie vor ihren Radiogeräten in ihren guten Stuben entschlummern. Ein Dornröschenschlaf würde sich über die hektische Welt senken. Wie heißt es doch im Weihnachtslied:... Alles schläft, einsam wacht.«

Der Alte schwieg und blickte mich traurig an.

»Und wie ging es weiter?«, wollte ich wissen.

»Es erging mir wie den Erfindern der Atombombe. Sie glaubten, eine neue Energiequelle gefunden zu haben zum Wohle der Menschheit und schufen Zerstörung.«

»Wieso Zerstörung?«

»Ich hatte die Autoradios vergessen. Es gab in jener Nacht fast vierhundert Verkehrsunfälle. Wie gesagt, es war nur ein kleiner Regionalsender, andernfalls... Es ist nicht auszudenken. Aber bitte, verraten Sie mich nicht.«

Ekelige Kronzeugen

Die meisten Menschen glauben, dass Rennfahrer, Seiltänzer oder Stierkämpfer besonders gefährlich leben. Das ist aber nicht so. Ein amerikanisches Ärztejournal hat festgestellt, dass die Wahrscheinlichkeit, am Arbeitsplatz getötet zu werden, für Psychiater um ein Vielfaches höher ist. Sie rangieren an dritter Stelle hinter Taxifahrern und Polizisten.

Einer, der das am eigenen Leib erfahren sollte, war Doktor Sigmund Butterman. Er wurde von einem pensionierten Polizisten erwürgt. So stand es in der Zeitung. Aber das war nicht ganz richtig, denn der Täter war kein Geringerer als Kommissar Crown, der bei Scotland Yard eine ganze Reihe von komplizierten Verbrechen aufgedeckt hatte. Seit seiner Pensionierung war er bei Butterman in Behandlung. Warum er seinen

Psychiater erwürgt hat, wurde nie geklärt. Er selber konnte sich nicht an die Tat erinnern. Es hieß, er habe im Zustand geistiger Verwirrung gehandelt, und er kam in eine geschlossene Psychiatrie im Süden von Kent.

»Schade«, sagte der leitende Direktor im Yard, »er war einer unserer besten Männer. Von unstillbarem Ehrgeiz getrieben, ließ er nicht locker, bis er einen Fall gelöst hatte. Und er löste sie alle, bis auf einen. Daran zerbrach er. Was für Napoleon und Hitler der russische Winter, das war für ihn der deutsche Winter, nicht die Jahreszeit, sondern der Kriminalfall, die Ermordung des deutschen Multimillionärs Wolfgang Winter. Die Angelegenheit wurde nie aufgeklärt. Crown hat darüber den Verstand verloren. Obwohl man es ihm eigentlich nicht ansieht«, pflegte der Direktor am Ende seiner Erklärung jedes Mal hinzuzufügen.

Er hatte den alten Crown zweimal in der geschlossenen Psychiatrie besucht und war jedes Mal aufs Neue erstaunt, wie normal der Mann wirkte. Korrekt gekleidet, freundlich zu jedermann, spazierte er durch den Anstaltsgarten. Er erkundigte sich nach früheren Mitarbeitern und wollte nach kurzer Zeit wissen, ob es im Fall Winter neue Erkenntnisse gebe. Die Angelegenheit schien ihm nicht aus dem Kopf gehen zu wollen.

Ein Jahr und acht Monate nach seiner Einlieferung erhielt Crown Besuch von einer Dame, die sich an der Rezeption als seine Cousine ausgab. Dem Einwand des Alten, er habe keine Cousine, wurde keine Beachtung geschenkt. Hier gab es Patienten, die nicht einmal mehr ihre eigenen Kinder kannten.

Es war ein warmer Frühsommertag, und so trafen sie sich im Garten – der ehemalige Kommissar und seine elegante Besucherin. Auf der hohen Mauer, die die Anstalt umgab, blühten die Kletterrosen. Darunter stand eine Bank. Auf der ließen sie sich nieder.

»Erkennen Sie mich wieder?«, fragte die Dame und nestelte an ihrem kurzkrempigen Hut.

Crown betrachtete sie. Eine auffallend gut gekleidete Lady, dachte er, Ende vierzig, Anfang fünfzig. Die Selbstsicherheit, die sie verströmte, ihr glatter Teint, die gepflegten Hände – ganz ohne Zweifel war sie eine Angehörige der Upperclass. Irgendetwas an ihr kam ihm bekannt vor. Die Augen. Das triumphierende Aufblitzen ihrer bernsteinbraunen Augen, dieser kalte Funke von Arroganz – woher kannte er sie?

Und dann erinnerte er sich.

»O mein Gott«, entfuhr es ihm, »Sie sind… Gloria Winter!«

Ein böses Lächeln umspielte ihre Lippen: »Ja, ich bin Gloria Winter, die Frau, die Sie für immer hinter Gefängnisgitter bringen wollten.«

Sie ließ ihre Worte auf ihn einwirken und fügte hinzu: »Und jetzt sitzen Sie hinter dieser Gefängnismauer hier, und ich bin frei.«

»Ist das der Grund Ihres Kommens? Ich meine, sind Sie deshalb hierher gekommen, um mir das zu sagen?«

»Ja«, sagte sie, »deshalb bin ich gekommen.« Und

wieder war da dieses triumphierende Aufblitzen in ihren Augen. »Da ist noch etwas, das ich Ihnen nicht vorenthalten will. Der Fall Winter, beschäftigt er Sie noch immer?«

Und als Crown schwieg, sagte sie: »Ja, er lässt Sie nicht los. Die Sprechstundenhilfe Ihres Psychiaters hat mir erzählt, dass Sie ausgerastet sind, als der Doktor mit Ihnen über Ihre beruflichen Versagensängste sprechen wollte. Er war davon überzeugt, dass der ungeklärte Fall Winter selbstzerstörerische Minderwertigkeitskomplexe in Ihnen ausgelöst hatte. Ich werde Sie davon befreien.«

»Sie kennen den Mörder?«

»Nicht so hastig! Lassen Sie uns von vorne beginnen.«

Sie zündete sich eine Zigarette an und sagte: »Wenn ein verheirateter Mensch ermordet wird, so ist der Hauptverdächtige immer der Ehepartner. Wenn der noch Alleinerbe und das Vermögen beachtlich ist, so ist das schon fast eine Verurteilung. Folglich konzentrierte sich aller Verdacht auf mich, die Frau des Toten. Ich hatte meinen Mann bei der Rückkehr von einer vierzehntägigen Schiffsreise tot vorgefunden, erschlagen mittels eines scharfkantigen Gegenstandes, wie sich bei den polizeilichen Ermittlungen herausstellte. Der Polizeiarzt, der den Leichnam untersucht hatte, gab zu Protokoll, der Tod sei vor acht Tagen eingetreten.« Sie zog an ihrer Zigarette, blies den Rauch bedächtig aus und fuhr fort: »Damit kam ich als Täterin nicht infrage. Denn es gibt wohl kein besseres Alibi als eine Schiffsreise. Dennoch hatten Sie es sich in den Kopf gesetzt, dass ich die Tat begangen hätte. Verdächtig ist immer der, dem das Verbrechen am meisten nutzt, verkündeten Sie vor aller Welt. Und das war natürlich ich.«

»Ja, so ist es«, sagte Kommissar Crown und erhob sich von der Bank. »Ich war davon überzeugt, dass nur Sie als Täterin infrage kämen. Als alter Kriminaler hat man eine Spürnase für diese Dinge. Da war nur dieses verdammte Alibi. Wenn es mir gelingen würde, das zu knacken, so würde ich Sie – daran gab es für mich keinen Zweifel – überführen. Da der Eintritt des Todes eine sehr wesentliche Rolle spielte, hatte ich zwei Fachleute von internationalem Format hinzugezogen. Der eine, ein Engländer – der Name tut nichts zur Sache –, war Gerichtsmediziner; der andere war der holländische Professor van Mengelen, die Weltkoryphäe für forensische Entomologie. Sie wissen, was das ist? Gerichtsmedizinische Insektenkunde. Beide Experten kamen nach gründlicher Untersuchung der sterblichen Überreste zu dem Schluss, dass der Tod am Abend des 8. Juli eingetreten war, zu einem Zeitpunkt, an dem Sie sich an Bord Ihres Traumschiffes befanden. Natürlich hätten Sie ja auch jemanden mit der Beseitigung Ihres Gatten beauftragen können. Dagegen sprach aber eine ganze Reihe von Gegebenheiten am Tatort, und außerdem war ich davon überzeugt, dass eine Frau wie Sie sich nicht einem Mitwisser ausliefern würde, der sie jederzeit erpressen und verraten könnte.«

»Nein, so etwas würde ich nicht tun«, gab sie ihm Recht.

Der Kommissar setzte sich zu ihr auf die Bank. Man sah ihm an, wie froh er war, mit jemandem über seinen schwersten Fall sprechen zu können.

»Ich erinnere mich noch daran, als sei es gestern gewesen«, so begann er wie in einem Selbstgespräch. »Versorgt mit zwei Flaschen von meinem Lieblingswein, rotem Shiraz vom Kap der Guten Hoffnung, machte ich es mir daheim auf meinem Ledersofa bequem. Zum besseren Verständnis hatte ich mir aus der Bibliothek ein Buch über forensische Entomologie besorgt. Vor mir lag ein langes Wochenende. Es wurde eine Reise in ein unbekanntes Land. Schon nach den ersten paar Seiten musste ich bekennen: Mein Gott, was bin ich bloß für ein Fossil!

Als ich bei der Mordkommission angefangen habe, waren die einzigen Tiere, die für uns gearbeitet haben, Suchhunde und Brieftauben. Inzwischen arbeitet die Kriminalistik mit ganzen Heerscharen von Tieren. Maden, bei Mord noch bis vor kurzem eine ekelige Folgeerscheinung, die man so schnell wie möglich zu beseitigen versuchte, sind inzwischen wichtige Belastungszeugen. Ich nahm zur Kenntnis, dass die weiblichen Schmeißfliegen die ersten sind, die sich auf einem Leichnam niederlassen. Denn die *Lucilia vacina*, wie sie mit lateinischem Namen heißt, liebt frisches Fleisch für die Ablage ihrer Eier.«

»*Lucilia vicina*«, verbesserte sie ihn.

»Wie meinen Sie?«

»Die Schmeißfliege heißt *Lucilia vicina.*«

»Ja, mag sein«, sagte er und fuhr unbeirrt fort:

»Andere, wie die Latrinenfliege *Faunica canicularis*, bevorzugen Leichen, die bereits im Begriff sind, sich aufzulösen. Bei sommerlicher Wärme geschieht das schon nach einer Woche. Der Eintritt des Todes lässt sich mithilfe der Fliegen und ihrer Larven sehr genau berechnen. Und das noch nach Monaten. Denn die Käsefliege *Priophila casei* liebt ihre Leichen so flüssig wie überreifen Camembert, das heißt noch nach einem Vierteljahr. Damit aber nicht genug, gibt es noch andere Insekten wie die Pelzkäfer und die Lederkäfer, die sich für den Kadaver erst interessieren, wenn kein weiches Gewebe mehr vorhanden ist. Sie tun sich an Haut und Haaren gütlich.

Dieses unterschiedliche Interesse der verschiedenen Insektenspezies an einem Ermordeten verraten dem erfahrenen Fachmann sehr genau den Zeitpunkt des Ablebens. Und diese kleinen Kronzeugen haben sehr feine Wahrnehmungen. Sie wittern totes Fleisch über weite Entfernungen. Und da sie winzig sind, gibt es keinen abgeschlossenen Raum, in den sie nicht einzudringen vermögen. Ein Schlüsselloch ist für sie so groß wie ein Scheunentor.«

Sie bot ihm eine Zigarette an. Er nahm sie, obwohl er schon seit langem nicht mehr rauchte. Er nahm einen Zug, blickte dem Rauch nach und fuhr fort:

»Wichtig wie der Leichnam ist auch seine Umgebung. Die meisten Maden kriechen davon, um sich an geschützter Stelle zu verpuppen, mit Vorliebe unter Polstermöbeln. Der Experte weiß, wo sie zu finden sind. Selbst aus den toten Insekten lassen sich noch Erkenntnisse ziehen. Nicht nur, dass sich ihr Alter am Farbstoff ihrer Augen ablesen lässt. Sie geben sogar Auskunft über Medikamente und Gifte, die der Tote zu Lebzeiten zu sich genommen hat, selbst dann noch, wenn keine Körpersubstanz mehr von ihm vorhanden ist. Ist das nicht unglaublich?«

Sie drückte die angerauchte Zigarette wieder aus und meinte: »So einfach das Ganze auf den ersten Blick erscheinen mag, so kompliziert ist es doch in der Praxis. Achttausend Fliegenarten gibt es allein in Mitteleuropa; und ihre Maden sehen sich zum Verwechseln ähnlich. Man darf sie daher nicht in Alkohol konservieren, sondern muss sie lebendig einsammeln und in besonderen Terrarien zu Fliegen heranreifen lassen, will man sie klassifizieren.«

»Sie kennen sich aber gut aus auf dem Gebiet.«

»Es geht nichts über eine gute Allgemeinbildung.«

Crown schlug nach einer Fliege, die ihm über die Wange krabbelte. Er betrachtete das erlegte Insekt und meinte: »Es will mir nicht in den Kopf, dass solch ein Ungeziefer einen Mordfall löst, für den ich zu dämlich bin, so sagte ich mir damals. Wofür hat uns die Schöpfung jene grauen Zellen verliehen, mit deren Hilfe wir schneller als der Schall fliegen, Wolkenkratzer gen Himmel türmen und Mondlandungen organisieren?

Immer wieder ging ich Schritt für Schritt der Angelegenheit nach: Am 1. Juli war die Witwe des Ermordeten abgereist, mit British Airways von London nach Auckland, Neuseeland. Der Flug zur anderen Seite der Erde beträgt mindestens vierundzwanzig Stunden. Diese Feststellung war wichtig, denn sie schloss von vornherein aus, dass jemand während der Kreuzfahrt das Schiff verlassen haben könnte, um mal rasch zurückzufliegen. Die mindestens zweitägige Abwesenheit wäre unweigerlich aufgefallen.«

»So ist es«, sagte Gloria Winter. »Und außerdem gab es auf den kleinen pazifischen Inseln, an denen unser Schiff anlegte, gar keine Flughäfen.«

Der Kommissar betrachtete sie, als wollte er ihre Gedanken erraten, und sagte: »Als Sie am 14. Juli zurückkehrten, fanden Sie Ihren Gatten tot in seinem Arbeitszimmer, neben dem Schreibtisch. Er hatte dort eine Woche nach Ihrer Abreise seine Seele ausgehaucht. Das stand nach Aussage aller Kapazitäten zweifelsfrei fest. In der Villa gab es keine Angestellten. Das Haus wurde während Ihrer Abwesenheit nur von Ihrem Gatten bewohnt. Alle Fenster waren vergittert und mit Alarmanlagen versehen, die sogar mithilfe von Videobändern jeden aufnahmen, der das Anwesen betrat. Es gab keine Aufzeichnungen. Nichts war beschädigt oder ausgelöst worden. Es gab keine Fingerabdrücke, keinen Mörder, kein Motiv. Da war nur diese verdammte Leiche, die nach allen Gesetzen der Vernunft gar nicht da sein durfte. Da Sie es nicht gewesen sein konnten, konzentrierte sich die Suche von Scotland Yard auf den großen Unbekannten.«

Gloria Winter zündete sich eine weitere Zigarette an und meinte: »Es gab keinen großen Unbekannten.«

»Aber wie in Dreiteufels Namen ...« Der Kommissar war aufgesprungen. Er rang nach Atem und machte jetzt durchaus den Eindruck eines psychisch Gestörten.

»Nehmen Sie wieder Platz. Alles ist denkbar einfach. Es fiel mir nicht schwer, ihn mit einem seiner Golfschläger in seinem Arbeitszimmer zu erschlagen. Gleich danach habe ich ihn in einen luftdichten Plastiksack gesteckt, den ich sehr sorgfältig zuklebte. Dabei habe ich darauf geachtet, dass er dicht neben dem Schreibtisch lag, unterhalb des Faxgerätes, das über die Tischplatte ein wenig hervorragte. Auf den Papierstreifen, der aus dem Faxgerät herausschaut, stellte ich ein Glas mit Salzsäure.«

»Und was soll dieser Schwachsinn?«, fragte der Kommissar.

»Bitte unterbrechen Sie mich nicht. Sie werden es gleich erfahren. Bevor ich das Haus verließ, stellte ich die Klimaanlage auf die kälteste Stufe. Sie hat einen eingebauten Zeitschalter, der sie nach einer Woche wieder ausstellen würde, und genau zu der Zeit würde ich von Bord meines Schiffes ein Fax abschicken, mit dem Ziel, dass sich der Papierstreifen, der die Nachricht aufzeichnet, in Bewegung setzt und das Gläschen mit der Säure umstößt. Es fällt vom Tisch auf den Plastiksack und ätzt dort ein handtellergroßes Loch in die

Verpackung der Leiche. Das Tor für die Fliegen ist offen. Die Experten werden später beschwören, dass der Tod nicht vorher eingetreten sein kann. Bei meiner Rückkehr brauchte ich nur den Plastiksack und das Glas zu entfernen.

Die Experten der forensischen Entomologie glauben, mit ihnen ließe sich jeder Mord aufklären: Er lässt sich aber auch prächtig vertuschen. Denn die meisten Menschen sind ja so dümmlich wissenschaftsgläubig und expertenabhängig, dass man nur …«

Weiter kam sie nicht. Crown war ihr an die Kehle gefahren. Ein herbeigeeilter Krankenpfleger vermochte das Schlimmste zu verhindern.

»Es steht schlimmer um ihn, als wir gedacht haben«, sagte der Anstaltsleiter am Abend zu seinem Assistenten. »Es hätte nicht viel gefehlt, und er hätte seine Cousine erwürgt. Wir müssen ihn besser bewachen.«

Der Callboy

Wir leben in einer Zeit, in der immer mehr Vorrechte der Männer von Frauen erobert werden. Zu Zeiten unserer Großväter wäre eine Automobilchauffeuse oder eine Dampflokomotivenführerin undenkbar gewesen. Heute gibt es sogar Jumbojetpilotinnen und Öltankerkapitäninnen. Frau Pastor und Frau Doktor, das waren früher Gattinnen vom Pfarrer oder vom Arzt. Heute sind das Akademikerinnen mit einem Hausmann daheim.

Wir Männer haben versäumt, uns zu emanzipieren. Eine Frau in einer Hose kann sich überall sehen lassen, aber versuchen Sie mal als Mann, in einem Rock ins Büro oder in einem langen Kleid in die Oper zu gehen. Es gibt Professorinnen, Generalinnen, Bischöfinnen, aber haben Sie mal von einem Hebammerich oder einem Nutten gehört? Zwar gab es schon immer Lustknaben, aber auch die waren ausschließlich zum Vergnügen der Männer da. Callboys zur Befriedigung weiblicher Gelüste, das ist auch so ein Einbruch in eine berufliche Domäne, die bisher nur Frauen vorbehalten war. Und damit sind wir endlich beim Thema.

Ich bin ein Callboy, und ich liebe meinen Beruf. Man bezahlt mich, wofür andere Männer tief in die Tasche greifen müssen, bei fremden Damen oder daheim, denn auch das hat seinen Preis. Wenn Sie jetzt abfällig auf mich herabsehen, so lassen Sie sich sagen: Die meisten von uns verkaufen ihre Zeit. Wer seine Zeit verkauft, ist nichts weiter als ein gut oder schlecht bezahlter Gefangener. Ich verkaufe weder meine Zeit noch meinen Körper. Ich werde von sehnsuchtsvollen Frauen eingeladen, um mit ihnen die Gipfel der Lust zu erklimmen. Jetzt glauben Sie aber bloß nicht, dass das ein leichter Job sei. Kein Burgschauspieler arbeitet so sorgfältig an sich wie ich. Meine Rolle ist hart, besonders nachts an der einen Stelle. Die Frauen, die mich zu sich ins Hotel oder ins vorübergehend verwaiste Ehebett rufen, stellen hohe Ansprüche, höhere als ein Freier an ein Callgirl. Von der wird an Tätigkeit lediglich erwartet, was in einer Kraftakrobatikgruppe vom Untermann verlangt wird: Er muss stark genug sein, um den über ihn turnenden Artisten zu tragen. Ich muss aber selber turnen mit Grazie und Ausdauer, schwindelfrei und mit tausend Tricks, vor allem mit tausend Tricks. Denn eine Frau kann an einem Abend leicht ein dutzend

Männer beglücken. Ein Callboy schafft nicht einmal ein Viertel davon, es sei denn, er arbeitet mit Tricks und Helps, zum Beispiel mit Austern. Ich verkonsumiere sie jeden Tag, obwohl ich sie nicht mag. Ich mag auch kein Bodybuilding und verbringe trotzdem täglich eine Stunde damit. Mein Adamskostüm ist mein Arbeitsanzug. Der flache Waschbrettbauch hat auf die Frauen die gleiche erotische Wirkung wie ein gut entwickelter Busen auf uns Männer. Noch wichtiger ist ein knackiges Hinterteil. Und am allerwichtigsten ist natürlich der kleine Unterschied. Der darf vor allem nicht zu klein sein. Und dann die vielen Sonderwünsche! Sauber soll man sein, aber nicht allzu sauber. Ein Mann soll wie ein Mann riechen und nicht wie ein Stück Seife. Rasiert soll man sein, aber nicht so glatt wie ein Kinderpopo. Einfühlungsvermögen wird verlangt, aber nicht ohne einen Schuss Brutalität im richtigen Augenblick an der richtigen Stelle.

Es wird immer so viel vom Vorspiel gefaselt. Lassen Sie sich von mir als Fachmann sagen: Alles Quatsch. Frauen wollen genau wie wir zur Sache kommen. Wenn eine Frau mit einem Mann ins Bett geht, dann will sie seinen Schweif und nicht irgendwelche Umschweife. Männer glauben, Frauen bräuchten ein Vorspiel, weil sie nicht sofort nach der Bettbesteigung wollen. Sie brauchen in der Tat Zeit, aber nicht um kurz vorher Lust zu kriegen. Das wirkliche Vorspiel beginnt nicht im Bett, sondern schon lange vorher im Kopf, in der Fantasie: beim Flirten, beim Kennen- und Liebenlernen. In dieser Zeit gibt ein guter Liebhaber alles. Er ist humorvoll, geistreich, galant, schenkt ihr das Gefühl, die begehrenswerteste Frau der Welt zu sein. Dafür gibt es ein Wort, das viel schöner klingt als Vorspiel: Verführung. Auf einem perfekt gestimmten Piano kann man spontan formvollendet spielen. Dann reicht ein Blick, und die Lust ist da, ohne Vorspieltamtam und Kuschelklimbim.

Werben ist nicht nur in der Wirtschaft wichtig. Aus Gründen der Eigenwerbung habe ich für meine weibliche Kundschaft Geschäftskarten drucken lassen, darauf steht:

Hast du Zeit, hast du keine Lust.
Hast du Lust, hast du keine Zeit.
Hast du Zeit, hast du keinen Mann.

Ab sofort kein Problem mehr: Tel. 09448-920110
Erste Hilfe bei Verkehrsproblemen

Ich habe unglaubliche Dinge in meinem Beruf erlebt, aber das Tollste ist mir vorige Woche passiert. Da ruft mich eine Frau an, der Stimme nach gute vierzig. Sie sagt:

»Ich habe Ihre Adresse von einer Freundin. Sie hat mir wahre Wunderdinge über Sie berichtet. Ich möchte, dass Sie auch mich besuchen. Passt es Ihnen morgen? Schön. Aber ich will, dass Sie mir einen Traum erfüllen, den ich immer wieder träume. Ich möchte, dass

Sie mich mit Gewalt nehmen, mit brutal männlicher Kraft. Verstehen Sie mich nicht falsch. Ich möchte nicht, dass Sie mir wehtun. Ich bin keine Masochistin. Aber ich möchte vergewaltigt werden, möchte mich wehren. Und Sie müssen mich zähmen, müssen mir die Kleider vom Leibe reißen und mich an mein Bett fesseln, sodass ich Ihnen völlig wehrlos ausgeliefert bin.«

Ich hörte, wie sie bei der Vorstellung lustvoll aufstöhnte.

»Wenn Sie Ihre Sache gut machen, verdoppele ich Ihr Honorar. Morgen Nachmittag um sechs Uhr. Eichenweg 13.«

Am anderen Tag Punkt sechs schellte ich an der Gartenpforte einer Villa, die sich hinter hohen Hecken versteckte. BUCHHOLZ las ich auf dem Namensschild unter der Dreizehn aus Schmiedeeisen. Ich hatte mir eine dunkle Sonnenbrille und einen schwarzen Hut aufgesetzt, um besonders brutal zu wirken.

»Wer ist da?«, fragte eine Frauenstimme aus der Lautsprecheranlage bei der Klingel.

»Ich komme vom Elektrizitätswerk, um Ihren Stromverbrauch abzulesen«, begann ich das aufregende Spiel.

»Muss das jetzt sein?«

»Ja, es muss sein«, sagte ich so energisch, wie ich konnte.

Ein Summton folgte. Die Gartenpforte sprang auf. Die Haustür war nur angelehnt. Ich stieß sie auf. Und da stand sie. Sie sah genauso aus, wie ich sie mir vorgestellt hatte: Mitte vierzig, gute Figur, ebenmäßige

Gesichtszüge, reich gesegnet mit allem, was gut und teuer war: Massagen, Aerobic, Sauna, erlesene Kosmetik vom Starfriseur – reizvoll wie eine blühende Oase, aber eine, die dabei war zu versanden. Vernachlässigte Pferde, die lange nicht geritten worden sind, stehen so im Stall, mit schlaffen Schultern und ohne Glanz auf den Augen. Eine Mutti auf dem Weg zur Jungoma. Sie tat mir Leid. Ich ging auf sie zu, nahm sie in die Arme und küsste sie auf den Mund.

»Sind Sie wahnsinnig geworden?«, fauchte sie mich an. Sie hatte eine angenehme, rauchige Stimme. Ich fliege auf erotische Stimmen, negroid samtig wie schokoladenbraune Haut.

»Verschwinden Sie auf der Stelle, oder ich rufe die Polizei.«

Ohne ein Wort zu sagen, griff ich nach ihr.

»Nein, nein«, schrie sie. Sie wehrte sich mit aller Kraft, trommelte ihre Fäuste gegen meine Brust. Ich hob sie hoch. Sie strampelte mit den Beinen, auffallend hübsche Beine. Es half ihr nichts. Ich trug sie ins Schlafzimmer und warf sie auf das breite Bett mit Spiegel am Kopfende. Ich kniete mich über sie, wollte ihr die Bluse aufknöpfen, als sie mir mit ihren spitzen Fingernägeln ins Gesicht fuhr und mir die Wange blutig kratzte. Sie wollte den totalen Kampf. Sollte sie ihn haben. Mit einem einzigen Ruck fetzte ich ihr den seidigen Fummel von den Schultern. Den BH zerschnitt ich mit der Nagelschere, die auf dem Nachttisch lag. Wie zwei Vollmonde quollen ihre Brüste hervor. Es gibt nichts

Aufregenderes als den Duft eines Busens, der aus seiner engen Verpackung befreit wird. Ich leckte ihn und biss in ihre festen Brustwarzen. Mit durchgedrücktem Rücken bäumte sie sich auf, um mich wie einen Rodeoreiter abzuwerfen. Dabei krallte sie mir ihre Finger in die Lende. Ich fasste sie bei den Haaren, drehte sie auf den Bauch, streifte die Hosen vom Leib und versohlte ihr den nackten Hintern. Sie schrie wie am Spieß. Ich kramte meine mitgebrachten Handschellen hervor und fesselte ihre Hände ans Oberteil der eisernen Luxusliege.

»Nein«, schrie sie, »nein!«, stieß mit Knien und Füßen nach mir. Sie spielte ihre Rolle verdammt gut, ohne Rücksicht darauf, ob sie mir wehtat, und ich gab es ihr zurück. Schließlich hatte sie mich ja ausdrücklich darum gebeten. Ich versohlte ihr noch einmal den nackten Arsch und stellte dabei fest, dass er wirklich hübsch war, fest und genauso hektisch gerötet wie ihre Wangen. Als ich ihre Füße ans Unterteil des Bettes fesselte, war sie zu abgekämpft, um sich noch zu wehren.

Ich gönnte ihr und mir eine kurze Verschnaufpause, bevor ich zum eigentlichen Teil meines Auftrages überging. Man muss nicht Betriebswirtschaft studiert haben, um zu wissen, wie wichtig im heutigen Geschäftsleben die Verpackung und damit auch das Auswickeln ist. Ich zog mich so aus, dass sie mir im Spiegel dabei zuschauen konnte. Danach nahm ich ihre Füße aus der Fessel und bestieg sie von hinten, nicht ohne ihr vorher noch ein paar kräftige Schläge auf die Hinterbacken versetzt zu haben. Nach einer Weile drehte ich sie auf den Rücken, legte ihr erneut Fuß- und Handfesseln an, verband ihre Augen und betrachtete sie ausgiebig. Ihr Schoß war ohne Schamhaar. Sie zuckte zusammen, als ich ihn berührte. Ich riss einer Fliege, die ich am Fenster fing, die Flügel aus und ließ sie auf ihrem Bauch umherkrabbeln, berührte ihre Brustwarzen mit Eiswürfeln aus dem Kühlschrank und tat alles Mögliche, um sie in Unruhe zu versetzen. Endlich nahm ich sie, so wie sie es gewollt hatte, hart und fordernd, ausdauernd und dominant. Dabei keuchte ich ihr alle unanständigen Ausdrücke ins Ohr, die mir einfielen. Nach all dem Softsex, den ich sonst zu liefern habe, begann mir die Angelegenheit richtig Spaß zu machen. Ich ritt sie, wie ich noch nie ein Weib geritten habe. Am Ende waren wir beide schweißgebadet. Fast hätte ich ihr die Wange gestreichelt und sie angelächelt. Aber ihr zorniger Blick erinnerte mich daran, dass ich eine brutale Machorolle zu spielen hatte. Ich nahm sie noch einmal, machte die Fesseln los, gab ihr einen harten Klaps und befahl: »Und nun her mit dem Zaster!«

»Mit dem Zaster?« Da war wieder der samtige, rauchige Ton in ihrer Stimme.

»Ja, mit den Flöhen. Meinst du, ich bin bloß zum Bumsen hier in den Eschenweg gekommen?« Und als sie immer noch zögerte, schrie ich sie an: »Nun mach schon, beweg deinen geilen Arsch!«

Sie huschte zum Wäscheschrank, öffnete ein Schubfach und brachte mir vier neue Hundertmarkscheine. »Das ist alles, was ich im Haus habe.«

Ich zog mich an, steckte mein Honorar ein und legte beim Hinausgehen meine Visitenkarte auf ihren Nachttisch.

Als ich mein Penthouse aufschloss, schellte das Telefon: »Ja, wo bleiben Sie denn?«, fragte eine Frauenstimme. »Sie wollten doch schon vor zwei Stunden hier sein!«

»Wo sollte ich sein?«

»Eichenweg 13. Die Vergewaltigung ...«

Ich ließ mich in den nächsten Sessel fallen und wusste: Jetzt hast du ein Problem. Vergewaltigung und Raub. Und ich Idiot hatte auch noch meine Visitenkarte zurückgelassen. Die Einzige, die bezeugen konnte, dass ich mich in der Adresse geirrt hatte, würde mich im Regen stehen lassen. Welche verheiratete Frau gibt schon zu, dass sie eine Verabredung mit einem Callboy hatte?

Das Telefon klingelte. Die Polizei!!! Nach dem vierten Mal Schellen nahm ich den Hörer ab. Da war sie wieder, die bekannte samtrauchige Stimme: »Ich muss dich wieder sehen. Am Mittwochabend um acht?«

Der tote Zwilling

Eigentlich sollte ich gar nicht darüber sprechen, aber je älter ich werde, desto mehr bedrückt mich diese schreckliche Geschichte. Ich muss darüber reden, um mich von der Last zu befreien. Ich werde Ihnen mein Verhängnis verraten. Aber bitte behalten Sie es für sich, weil ich sonst eine Menge Schwierigkeiten bekommen werde. Aber urteilen Sie selbst:

Wir waren Zwillinge; der eine wurde Willi genannt; der andere erhielt den Namen Theodor. Eines Tages, als wir nur wenige Wochen alt waren, wurden wir vertauscht. Einer von uns beiden ist dann kurz darauf gestorben, ohne dass festgestellt werden konnte, wer es war, denn wir sahen uns zum Verwechseln ähnlich. Mein Vater und meine ältere Schwester glaubten, es sei der Willi gewesen. Meine Mutter und die Großeltern waren sich ganz sicher, dass uns der Theodor verlassen hatte. Die Angelegenheit wurde nie geklärt.

Ich habe mich mein ganzes Leben lang mit dem Fall befasst. Anhand einer Tagebucheintragung eines inzwischen verstorbenen Taufpaten konnte ich ihn am Ende lösen. Der Pate schreibt dort, einer von uns beiden trug ein auffallendes Muttermal zwischen den Schulterblättern. Und dieses Kind ist gestorben. Und nun kommt das Entsetzliche: Dieses Kind war ich.

Auge um Auge

»Konservative Individualisten«, nannte Theodor Heuss die Münsterländer. Die Eigenbrötlerei der Menschen hier ist sprichwörtlich. Die folgende Geschichte mag das bezeugen.

Theodor Tödden war Professor für Neuro-Ophthalmologie an der Universität von Münster. Er war hager, hellhäutig, klein und kahlköpfig. Mit anderen Worten: Er war nicht nur Professor, er sah auch so aus.

Kalle Knipperdolling dagegen sah aus wie ein Metzger, und das war er auch. Er war der lebende Beweis für die Worte des heiligen Augustinus: Du wirst, was du denkst und tust. Alles Fleisch an ihm war schweinern: die blassen, viel zu großen Ohren, das Doppelkinn, die Hängebacken. Aus kleinen Schweinsäuglein, umrahmt von farblosen Ferkelwimpern, blickte er in die Welt.

Beide so ungleiche Männer verband eine enge Freundschaft miteinander. Wer sie kannte, fragte sich: Wie ist so etwas möglich: ein hochtitulierter Akademiker und ein Kopfschlächter?

Aber es gab auch eine ganze Reihe von Gemeinsamkeiten. Beide Männer waren begeisterte Ballonfahrer, beide waren unbeweibt, und beide hatten ein Glasauge, der Metzger nach dem Hornstoß einer störrischen Kuh, der Professor nach einem verunglückten Experiment mit rauchender Schwefelsäure.

Wenn sie mit ihrem Heißluftballon über dem Münsterland daherschwebten, dann sagten sie: Zwei Augen sehen mehr als eins. Und das taten sie wirklich. Denn wenn der Professor mit seinem linken Auge über den linken Rand des Korbes blickte und der Metzger mit seinem rechten Auge über den rechten Rand, so entging ihnen nichts, zumal sie sich auf alles Sehenswerte gegenseitig aufmerksam machten.

»Sieh mal dort, der schwarze Rauch aus dem Schornstein vom Krematorium. Wer da wohl verkohlt wird?«

Knipperdolling zeigte auf ein Haus und meinte: »Da liegt meine Metzgerei.«

Tödden wies zum Horizont, wo lang ausgestreckt die Universität lag, und sagte: »Du verdienst dein Geld mit Ochsen und ich mit Studenten. Wo liegt da der Unterschied?«

Meistens jedoch schwiegen sie miteinander, wenn sie mit dem Wind dahinglitten. Dann fauchte nur die Flamme, die ihrem Ballon Auftrieb verschaffte.

Die Höhe und das abgehobene Dahingleiten schaffte Vertrautheit, wie sie sonst nur unter Kindern existiert. Wenn das Bier, das sie reichlich mitnahmen, wieder hinauswollte, dann hängten sie ihre schlappen Schwänzchen über den Korbrand und freuten sich an dem Sprühregen, den sie Göttern gleich zur Erde sandten. Danach verbrachten sie wieder viele Stunden mit Sehen.

»Das Sehen wird kostbarer, wenn man nur ein Auge hat«, sagte der Professor.

Über der Brüsken Heide türmten sich die Wolken im warmen Licht der Sonne. Die Ems schlängelte sich durch bestellte Felder, die so ausschauten, als hätte man sie mit dem Lineal gezogen. Dazwischen lasteten schwarze Waldstücke. Aus einem Spielzeughaus stieg Rauch empor. Ein paar große, ruhige Augenblicke des Sommers glitten vorüber.

Nicht immer ging es so friedlich zu. Ballonfahren ist nicht ungefährlich. Es gab auch schmerzhafte Erfahrungen, so wie im vergangenen Herbst, als eine Sturmböe ihren Korb über einen Acker zerrte, Knipperdolling sich den Knöchel brach und der Professor den Zeigefinger. Damals mit frischem Gips, bei Bier und Münsterländer Korn hatten sie sich geschworen: Wenn einer von uns beiden ums Leben kommt, erbt der andere das Auge.

»Die transplantieren dir das in der Augenklinik so geschickt ein, dass du denkst, es wäre dein eigenes«, sagte der Professor. »Zumal wir beide genau die gleiche Augenfarbe haben, blau wie alle guten Münsterländer.« Und das waren an diesem Abend nicht nur ihre Augen.

Daran musste Professor Tödden denken, als er jetzt in der Friedhofskapelle einen Blumenstrauß auf den Sarg des Freundes legte. Nicht ein Sturz aus der Höhe, sondern Ausbesserungsarbeiten am Boden des Ballonkorbes waren ihm zum Verhängnis geworden. Ein Stromschlag aus einer defekten Bohrmaschine hatte ihm das Lebenslicht ausgeblasen. Dabei war er sich stets so sicher gewesen, dass er als der Jüngere den Freund überleben würde.

»Lies nicht soviel«, hatte er noch eine Woche vor seinem Ableben gesagt. »Lesen schwächt die Augen. Und ich will mir noch ein paar schöne Jahre mit deinem blauen Auge machen.«

»Jetzt ist er hin«, dachte der Professor »und sein Auge gehört mir.« Denn was keiner der anwesenden Trauergäste wusste, er hatte das Auge an sich genommen.

Nachdem der Notarzt den Tod festgestellt hatte, hatten sie den Verunglückten auf dem Billardtisch im Clubhaus der Ballonfahrer aufgebahrt. Von dort sollte ihn der Beerdigungsunternehmer abholen. Die ganze Entnahme hatte nur wenige Sekunden gedauert. Er hatte dem Freund in das rechte Auge gefasst und den

Augapfel behutsam herausgezogen. Es gab ein schmatzendes Geräusch. Dann lag der Augapfel wie eine Mirabelle auf seiner geöffneten Handfläche. Mit raschem Schnitt durchtrennte er den Sehnerv und wickelte das empfindsame Sehorgan in ein Taschentuch, das er mit seinem eigenen Speichel anfeuchtete. Endlich holte er sein Glasauge aus der Aughöhle und drückte es dem Toten in das Gesicht. Es war leblos und starr wie das andere. Niemand würde den Unterschied bemerken.

Mit einer Taxe war er nach Hause gefahren, um das entnommene Auge so rasch wie möglich in die sterile Nährlösung für die ophthalmologischen Transplantate zu legen. Gleich nach Bestattung des Spenders würde er die Operation wagen. Die Zeit drängte. Daran dachte der Professor, als sie jetzt den Sarg in das lackschwarze Auto des Leichenbestatters hoben, mit dem der Tote zur Einäscherung ins Krematorium gefahren wurde.

Als der Professor aus der Narkose erwachte, umgab ihn nachtschwarze Finsternis. Man hatte ihm, wie das bei solchen Operationen üblich ist, beide Augen verbunden, um jede Bewegung des transplantierten Organs zu verhindern. Er lag da und genoss das Gefühl, wieder vollständig und heil zu sein. Seine Aughöhle, sonst von dem kalten Glasauge bedrängt, war erfüllt von pulsierendem Leben, von fremdem und dennoch eigenem Fleisch. So muss einer Schwangeren zumute sein, dachte er, genau so. Ich bin seine Mutter und

Knipperdolling sein Vater. Er fand die Vorstellung so albern, dass er lachen musste.

»Es geht ihm schon besser«, sagte die Krankenschwester, die an seinem Bett saß.

Als sie ihm zum ersten Mal den Verband abnahmen, traf ihn die Helligkeit wie ein Schlag vor den Kopf. Es dauerte eine ganze Weile, bis sich seine Augen an das fremde Element Licht gewöhnt hatten. Dann sah er zum ersten Mal wieder nach vielen Jahren die Welt dreidimensional und greifbar vor sich. Er stand da und betrachtete die nebensächlichsten Dinge voll Erstaunen. Mein Gott, wie verlockend plastisch war der Busen der jungen Krankenschwester!

Der Verband wurde nun jeden Tag ein wenig länger abgenommen. Die Operation war ein voller Erfolg gewesen.

»Wie Sie wissen, Herr Kollege«, sagte Doktor Roth, der Wiener Chirurg, der ihn operiert hatte, »geht das nicht immer so glatt. Der Spender hatte nicht nur die gleiche Blutgruppe wie Sie. Er scheint, was die Abwehrreaktion angeht, so etwas wie Ihr metaphysischer Zwilling zu sein. Vielleicht verstanden Sie sich deshalb so gut mit ihm. Auf jeden Fall können Sie ab morgen wieder Besuch bekommen. Sie wissen ja, wir sehen im Allgemeinen nicht gerne Besucher auf der Transplantation.«

Der Erste, der den Professor aufsuchte, war der Präsident des Clubs für Ballonfahrer, ein blasser Notar mit einer Nickelbrille. »Na, Sie sehen ja schon wieder prächtig aus«, log er. »Ballonfahrer sind halt nicht unterzukriegen, selbst die Toten nicht, wie uns Ihr Freund bewiesen hat.«

»Was für ein Freund?«

»Na, der Knipperdolling.«

»Der Knipperdolling?«

»Was, Sie kennen die Geschichte nicht? Aber richtig, woher sollen Sie auch. Sie lagen ja die ganze Zeit hier auf der Station. Na, dann halten Sie sich mal fest: Der Knipperdolling ist wieder auferstanden!«

»Wieder auferstanden?«

»Auf der Fahrt zum Krematorium ist er wieder zu sich gekommen. Der Stromschlag hat ihn nur in totenähnliche Starre versetzt, so heißt es. Gott sei Dank hat der Leichenbestatter sein Klopfen gehört und den Sarg gleich geöffnet. Es soll ihm inzwischen schon wieder recht gut gehen. Der Ärmste hat nur sein Augenlicht verloren. Sie wissen ja, er hatte ein Glasauge. Jetzt ist er vollends blind. Aber ...«

Weiter kam er nicht. Professor Tödden hatte sich in seinem Bett aufgerichtet und begann zu schreien, als wäre ihm ein glühender Stahl durch den Leib gefahren.

»Es steht doch schlimmer um ihn, als wir dachten«, sagte die herbeigelaufene Krankenschwester und drängte den Notar aus dem Krankenzimmer.

Mein Gott, was habe ich getan! Wie konnte ich nur?

Dieser Satz ging ihm nicht mehr aus dem Sinn. Er raubte ihm den nächtlichen Schlaf, jeglichen Appetit, ja fast den Verstand. Mein Gott, was habe ich getan!

Und dann kam der Tag, an dem er an die Tür des Freundes klopfte.

»Herein!«

Er öffnete die Tür. Finsternis empfing ihn.

»Warum ist es so dunkel bei dir?«

»Ich brauche kein Licht«, sagte Knipperdolling, »weil du mir mein Augenlicht gestohlen hast.«

»Ich dachte, du wärst tot.«

»Ich bin aber nicht tot.«

»Der Notarzt hatte deinen Totenschein ...«

»Vergiss den Notarzt. Die Sache geht nur uns beide an. Wo ist mein Auge?«

»Ich habe es mir eingepflanzt.«

»Du hast es in deinem Kopf und siehst mit ihm?«

»So war es abgemacht.«

»Wenn einer von uns den anderen überlebt. Hast du mich überlebt? Nein. Du hast mich bestohlen. Du hast mir das Kostbarste genommen, das man einem Menschen wegnehmen kann: das Augenlicht. Du bist ein Schwein.«

»Ich dachte ...«

»Ich will nicht wissen, was du dachtest. Ich will mein Auge zurück.«

»Ich werde alles tun, dass wir so schnell wie möglich ein Spenderorgan für dich finden werden. Ich verspreche dir ...«

»Ich will nicht irgendein Spenderorgan«, unterbrach ihn Knipperdolling, »ich will mein Auge zurück, und zwar sofort.«

»Es ist nach einer hochkomplizierten Operation und langwierigem Heilungsprozess angewachsen. Du kannst doch nicht …«

»Doch, ich kann«, unterbrach ihn der andere erneut. »Es ist mein Auge. Du hast es mir gestohlen, und ich will zurück, was mir gehört. Oder willst du, dass wir vor Gericht gehen?«

»Nein«, sagte Tödden, der bereits die Schlagzeilen in der Regenbogenpresse sah. »Nein, kein Gericht. Bitte nicht!«

Es dauerte zwei Tage, um den Wiener Chirurgen davon zu überzeugen, dass das von ihm so erfolgreich transplantierte Sehorgan wieder herausgeschnitten werden müsse, um dem Metzger Knipperdolling eingepflanzt zu werden.

»Ein Auge ist doch kein Wanderpokal. Solch ein Irrsinn ist nur im Münsterland möglich.«

So erhielt Kalle Knipperdolling sein Auge zurück. Es war eine schmerzvolle Operation, die nicht so gut glückte wie bei Tödden. Vielleicht fühlt sich ein Metzgerauge im Kopf eines Mediziners wohler. Vielleicht lassen sich Augen auch nicht so leicht verpflanzen wie Stiefmütterchen. Auf jeden Fall war die Einäugigkeit nicht mehr etwas, was die beiden Männer miteinander verband, sondern etwas, das sie verfeindet hatte. Beide traten aus dem Club der Ballonfahrer aus, um sich nicht mehr begegnen zu müssen, aus Scham und aus Zorn und wegen all der Schmerzen, die sie sich gegenseitig zugefügt hatten.

Hier könnte die Gruselgeschichte eigentlich enden, tut sie aber nicht, denn wir befinden uns im Münsterland.

Eine Menge Zeit war verflossen. Herbstliche Nebelschwaden entmaterialisierten die sichtbare Welt, spiegelten sich in stehendem, schwarzem Wasser, täuschten die Sinne wie brodelnder Hexentrank. Da erhielt Professor Theodor Tödden ein Schreiben von einem Rechtsanwalt aus Münster. Darin stand, dass ihr Klient Kalle Knipperdolling verstorben sei und dass es zu seinem letzten Willen gehört habe, dem Herrn Professor Tödden den beiliegenden Brief auszuhändigen.

Der Brief war zu lang, um ihn hier in seinem ganzen Umfang wiederzugeben. In ihm versicherte Knipperdolling dem früheren Freund, wie Leid es ihm tue, dass er ihn dazu gezwungen habe, das transplantierte Auge wieder herausschneiden zu lassen, anstatt auf ein Spenderorgan zu warten. Der Brief gipfelte in der Bitte, das Auge zum Zeichen der Versöhnung zurückzunehmen und sich erneut einsetzen zu lassen. Sonst finde er im Jenseits keine Ruhe. Und außerdem gelte es, ein gegebenes Versprechen einzulösen, der Überlebende solle das Auge des anderen bekommen. Das sei ja nun mit vollem Fug und Recht eingetreten.

Jeder andere hätte den Brief kopfschüttelnd beiseite gelegt, nicht aber Tödden, denn er war ein Münsterländer. Er tat, was getan werden musste, damit die Dinge ihren vorgegebenen Lauf nehmen können. Ein Wort war eben ein Wort.

Ein paar Tage nach der Transplantation erhielt Tödden einen zweiten Brief von Knipperdolling. Darin stand:

Du hast mir das Kostbarste gestohlen, das man einem Menschen nehmen kann. Das ist ein Verbrechen, für das es keine Vergebung gibt. Dass du mir mein Auge zurückgegeben hast, war keine Strafe, sondern eine Selbstverständlichkeit. Die Bestrafung erfolgt erst jetzt. Denn wisse: Ich bin an Aids gestorben, und durch die Einpflanzung meines kranken Auges in deinen Dickschädel hast du es jetzt auch.

Festvortrag

Der Berliner ist um keine Antwort verlegen, so sagt man. Und so ist es. Die folgende Geschichte mag das bezeugen. So wie sich viele Ehepaare im Laufe der Jahre immer ähnlicher werden, so passen sich auch manche Untergebene ihrem Chef an. Zu Kaiser Wilhelms Zeiten bemühten sich Tausende von Männern, wie ihr Herrscher zu sein. Sie trugen nicht nur den gleichen Schnurrbart, sondern sogar den gleichen Namen. Da aber nicht alle Wilhelm heißen konnten, taufte man sie zur Unterscheidung Hans-Wilhelm, Ernst-Wilhelm, Klaus-Wilhelm und so fort.

Ähnlich kongruent war das Dienstverhältnis zwischen Professor Dr. Justus Herrenberg und seinem Chauffeur Emil Mahnke, der seinen Chef nicht nur fuhr, sondern auch dafür sorgte, dass der seine Medizin einnahm, pünktlich zu seinen Verabredungen erschien und korrekt gekleidet war. Beide Männer waren so ziemlich gleich alt und hatten die gleiche Konfektionsgröße. Sie trugen die gleichen Bally-Schuhe und Maßschneideranzüge. Allerdings waren die von Emil Mahnke etwas älter, denn er bekam die abgelegte Garderobe seines Brotgebers. Beide waren Brillenträger, Schnurrbartträger und trugen den Scheitel auf der gleichen Seite. Unterschiedlich waren ihre Titel und ihr Einkommen. Justus Herrenberg, dreifacher Doktor, Professor und Ritter der Ehrenlegion, war Schönheitschirurg und auf dem Gebiet eine weltweit anerkannte Koryphäe. Emil Mahnke war, wie schon erwähnt, sein Fahrer und Faktotum für vieles.

Wenn der Professor nicht operierte, hielt er wissenschaftliche Vorträge vor Berufskollegen auf Ärztekongressen, für vierstellige Honorare, wie es sich für einen gehört, der die First Lady der Vereinigten Staaten von Amerika bereits zweimal geliftet und der Michael Jacksons Nase vor dem endgültigen Verfall gerettet hatte. Es gab nur wenige Busen in Hollywood, an die er nicht Hand angelegt hatte. Von der Glatzenverkleinerung bis zur Penisvergrößerung gab es keine kosmetische Korrektur, die er nicht mit Bravour beherrschte. Wülstige Negerschnauzen modellierte er zu fein geschwungenen Mona-Lisa-Lächellippen. Mit dem Fett, das er Molligen abgesaugt hatte, hätte er die Ölheizung in seinem Schweizer Chalet mehrere Winter lang am Brennen halten können.

Sein Erfolg beruhte auf der Eitelkeit der Menschen. Wen wundert es, dass auch er nicht dagegen gefeit war. Das war auch der Grund, warum der Professor seine Vortragsreisen so liebte, denn hier stand er wie ein Star im Mittelpunkt. Hier konnte er angeben mit seinen Erfolgen und engen Beziehungen zu Machthabern, Multimillionären und Medienstars.

Sein Vortrag in der Berliner Kongresshalle war seit Wochen ausverkauft. Als der Professor am Tag vor seinem Auftritt in Berlin eintraf, machten sich die Halsschmerzen bereits bemerkbar. Sie wurden im Laufe der Nacht schlimmer. Am Morgen war der Professor fast ohne Stimme.

»Wir müssen die Veranstaltung absagen«, meinte Mahnke.

»Geht nicht. Bin bis heute Abend wieder in Ordnung«, krächzte der Professor und schluckte die Medizin, die der Hotelarzt ihm gebracht hatte. Nichts half.

Drei Grogs verbesserten zwar nicht seine Stimme, aber seine Stimmung. »Weißt du, Mahnke«, sagte er. »Ich habe eine Idee. Wie oft hast du meinen Vortrag schon gehört?«

Er pflegte nämlich seinen Fahrer mit in die Vorlesungen zu nehmen, falls ihm etwas Unerwartetes zustoßen sollte.

Mahnke meinte: »Drei dutzend Mal mindestens.«

»Das dürfte reichen.«

»Was dürfte reichen?«

»Dass du den Vortrag hältst.«

»Ich?«

»Ja, du«, krächzte der Professor. »Du bist doch nicht blöd. Außerdem gebe ich dir mein Manuskript. Du hast meine Statur, meinen Schnurrbart. Du weißt wie ich ...« Hier versagte seine heisere Stimme vollends.

Mahnke wollte widersprechen. Der Professor wischte den Einwand mit einer ärgerlichen Geste vom Tisch.

Als sie am Abend bei der Kongresshalle vorfuhren, hatten sie die Rollen getauscht. Der Professor mit Chauffeurmütze fuhr den Mercedes. Mahnke im Nadelstreifenanzug lehnte lässig im Fond, ließ sich vom Professor die Wagentür öffnen, winkte, wie es sein Chef zu tun pflegte, den Reportern einen kurzen Gruß zu. In der Halle nahm der Professor am Rand der ersten Reihe Platz. Ein Aufseher wollte ihn vertreiben:

»Diese Plätze hier sind reserviert. Nehmen Sie bitte hinten bei den Fahrern Platz.«

»Ich bin nicht nur Fahrer. Ich bin Leibwächter und Krankenschwester in einer Person.«

Da ließen sie ihn, wo er war.

Der Vortrag wurde ein großer Erfolg. Nicht nur die Großdias beeindruckten die Fachleute. Der Professor war mit seinem Fahrer vollauf zufrieden. Ein toller Bursche! Typischer Berliner! Am Ende erhielt Emil Mahnke donnernden Applaus. Großartig gelaufen!

Bis sich in einer der vorderen Reihen ein Herr erhob und sagte: »Ich bin Chirurg an der Charité und habe da noch eine Frage.«

Von dem, was nun folgte, verstand der arme Mahnke nicht ein einziges Wort.

Dem Professor brach der Schweiß aus allen Poren. Doch dann hörte er Emil Mahnke sagen: »Wissen Sie, Herr Kollege, die Antwort auf Ihre Frage ist so offenkundig, dass sogar mein Chauffeur sie beantworten kann.«

Der Professor erhob sich, nahm seine Chauffeurmütze vom Kopf, beantwortete die gestellte Frage und erhielt brausenden Applaus.

»Eine wissenschaftliche Veranstaltung von brillanter Kompetenz«, schrieb die Berliner Morgenpost am anderen Tag.

Karl Mahnke aber erhielt eine Gehaltsaufbesserung.

»Schließlich sind wir ja fast so etwas wie Partner«, meinte sein Chef.

Circe

Jeder Mensch hat ein Vorbild, ein Ideal, das er anstrebt. Das von Heinrich Lehmann hieß Heinrich Schliemann. So wie er wollte er werden. Ein eigenes Troja wollte er ausgraben, antike Schätze heben und berühmt werden.

Wie Heinrich Schliemann studierte er aber nicht Archäologie, sondern verdiente im Bankwesen das Geld, das er benötigte, um sich seine Ausgräberträume erfüllen zu können. Dabei war er so erfolgreich, dass er bereits als Mittvierziger aus dem Geschäftsleben aussteigen konnte, um sich seinen Lebenstraum zu erfüllen.

Wenn es Schliemann gelungen ist, anhand der Ilias Troja zu finden, sagte er sich, so müsste es auch möglich sein, mithilfe der Odyssee all die anderen Schauplätze zu finden, wohin Odysseus und seine Männer während ihrer Irrfahrt verschlagen worden sind: die Insel des Polyphem, die Felsen der Sirenen, der Strand der Nausikaa und wie sie alle hießen.

Er hatte sich zu diesem Zweck einen Motorsegler gekauft, mit dem er die von Homer beschriebene Route abfuhr. Dabei verglich er den klassischen Text mit den geografischen Gegebenheiten, maß Entfernungen, stellte Zeittabellen auf, fotografierte, rechnete und träumte.

Mitte Juni erreichte er ein winziges Eiland, auf dem nach seinen Berechnungen die Circe gelebt haben könnte.

Die Geschichte ist bekannt: Odysseus und seine Begleiter wurden dort von dieser zauberhaften Frau so bezirzt, dass sie sich in Schweine verwandelten.

An dieser Stelle pflegte Heinrichs alter Studienrat für Griechisch und Latein immer zu sagen: »Das müssen Sie nicht so wörtlich nehmen, meine Herren. Natürlich hat sie sie nicht wirklich in Schweine verwandelt. Für eine liebeserfahrene Frau ist es ein Leichtes, einen Mann in ein wildes Schwein zu verwandeln.«

Heinrich Lehmann aber nahm die Ilias und die Odyssee wörtlich. Hatte das nicht auch Heinrich Schliemann getan? Und am Ende hatte er Troja entdeckt!

Warum hieß denn dieses kleine Eiland hier auf der Seekarte Schweinefelsen? Dahinter verbarg sich mehr als eine nicht wörtlich zu nehmende Albernheit. Epische, homerische Feierlichkeit ging von der Insel aus.

An einer Mole faulten zwei Fischerboote vor sich

hin. Sie sahen so heruntergekommen aus, als seien sie schon seit Jahren nicht mehr benutzt worden. Dahinter an steil aufsteigendem Hang ein paar würfelförmige Häuser, die einmal weiß waren und nun die Farbe der Felsen angenommen hatten. Aus dem Schornstein des einen stieg Rauch zum Himmel. Dorthin ging Heinrich, nachdem er sein Boot an der Mole befestigt hatte.

Die Haustür stand offen. Als auf sein Klopfen und Rufen niemand antwortete, ging er hinein.

Sie stand am Herd. Ihre Augen waren so hell wie Wasser. Sie lächelte ihn an, als habe sie ihn erwartet.

»Oh, Verzeihung«, sagte er. »Ich habe angeklopft. Darf ich hineinkommen?«

Ihr Lächeln wurde stärker. Dabei entblößte sie die Zähne, strahlend weiße Zähne.

»Darf ich?«, fragte er noch einmal.

Sie nickte mit dem Kopf, winkte ihn in die Stube, wischte sich die Hände an ihrem weiten Rock sauber und gab ihm ihre Rechte, ohne ein Wort zu sagen.

»Ich heiße Lehmann. Mein Boot liegt unten an der Mole.« Mit einem Kopfnicken gab sie zu erkennen, dass sie ihn verstanden hatte. Sie selber aber brachte keinen Laut über ihre schönen Lippen. Stattdessen füllte sie ein Glas mit kühlem Wasser und reichte es ihm.

»Leben Sie ganz alleine hier?«, versuchte er das Gespräch erneut aufzunehmen.

»Nein«, sagte eine krächzende Stimme. »Ich bin auch noch hier.«

Heinrich blickte sich um und erschrak. Auf einem Schemel hockte ein faltiges Geschöpf mit einem Gesicht so alt, dass nicht mehr zu erkennen war, ob es sich um einen Mann oder um eine Frau handelte. Die Nase hing über ihre haarigen Lefzen. Speichel troff aus den eingefallenen Mundwinkeln. Am schrecklichsten aber waren die Augen. In den Augäpfeln, weiß wie hart gekochte Eier, fehlten die Pupillen. Ganz offensichtlich war die Alte blind, denn ihrer Kleidung nach handelte es sich um eine Frau.

Heinrich fragte: »Lebt ihr allein auf der Insel?«

»Wir sind die einzigen Frauen.«

»Und wie viele Männer?«

»Männer? Gar keine.«

»Du sagtest, ihr seid die einzigen Frauen.«

»Ja, zwei Frauen und die Tiere: vier Ziegen, ein dutzend Hühner und die wilden Schweine. Früher gab es hier mehrere Fischer, aber sie sind alle fort aufs Festland, in die Städte, wo es mehr zu verdienen gibt.«

»Und warum seid ihr geblieben?«

»Wer will schon eine Blinde und eine Stumme? Euglena sieht für mich, und ich spreche für sie.«

»Und wovon lebt ihr?«

»Vom Fischfang, und von dem, was wir anbauen: Tomaten, Peperoni, Auberginen, Trauben und Pfirsiche. Manchmal fangen wir ein wildes Schwein. Das tauschen wir gegen Mehl und Olivenöl.«

Euglena nickte mit dem Kopf, als wollte sie bestätigen, was die Alte sagte. Heinrich betrachtete die beiden

Frauen und dachte: Ein größerer Gegensatz ist nicht denkbar. Die eine steinalt und erschreckend hässlich, die andere blutjung und von blühender Schönheit. So wie Licht und Schatten einander aufwerten, so wirkte die junge Frau neben der vom Alter entstellten Hexe noch verlockender, als sie von Natur aus schon war. Heinrich hatte nie zuvor eine schönere Frau gesehen. Sie trug ein Kleid aus naturfarbenem Leinen, hatte nackte Schultern und war barfuß. Ihr schwarzes Haar war hochgesteckt. Sie schien einem Gemälde entstiegen zu sein.

Es ist eigenartig, wie die Liebe von uns Besitz ergreift. Von ihm ergriff sie in dem Augenblick Besitz, als er in ihre wasserhellen Augen blickte.

»Ich hatte gehofft«, sagte er, »hier ein Gasthaus zu finden, in dem ich für ein paar Tage essen und wohnen könnte.«

Sie eilte zum Herd, öffnete einen eisernen Kochtopf und winkte ihn herbei. Der Duft von Auberginen und Tomaten stieg ihm in die Nase. Es reicht für uns alle, sagten ihre Augen. Sie füllte sein Glas mit Wasser nach, brachte ihm Weintrauben und frische Feigen.

Während sie am Herd hantierte, erfreute er sich an ihrem Anblick. Mein Gott, wie schön sie war! Es war eine Schönheit, die ihm die Hitze in die Schläfen trieb. Die leibhaftige Circe, dachte er.

Sie legte sich ein Tuch um die Schultern und gab ihm zu verstehen, er solle mitkommen. Er lief dicht hinter ihr. Sie ging leichtfüßig, ohne sich umzudrehen. Sie durchquerten ein Tor. Ausgetretene Stufen führten zur Bucht hinunter. Am Ende einer Landzunge setzte sie sich auf einen Stein und wartete. Schweigend blickten sie auf die untergehende Sonne. Als ihr Feuerball in die Flut eintauchte, erhob sie sich und zog aus einer Felsspalte eine Angel hervor. Der Haken war ohne Köder. Sie warf die Leine ins Meer, eine dicke primitive Paketschnur. Heinrich wäre jede Wette eingegangen, dass man auf diese Art keinen Fisch fängt.

Der Mond hatte bereits die Sonne abgelöst. Euglena erhob sich, legte den Kopf in den Nacken und begann Töne von sich zu geben. Es war ein wortloses Lied, mehr tierhafter Laut als Lied, eine zuerst leise und dann immer lauter werdende Melodie. Nie zuvor hatte Heinrich einen so herzzerreißenden Gesang gehört. Er schien aus der Tiefe des Meeres zu kommen.

Das faustgroße Stück Kork als Schwimmer an der Angelleine begann aufgeregt zu zucken und zu zappeln, bis es endlich ganz in dem schwarzen Wasser verschwand. Euglena stemmte ihre nackten Füße gegen die Felsen. Sie brauchte alle Kraft, um die straff gespannte Leine zu halten. Heinrich eilte ihr zu Hilfe. Gemeinsam zogen sie einen mächtigen Oktopus an Land. Seine glitschig schleimigen Krakenarme waren mindestens einen halben Meter lang. Sie hatten sich so fest mit der Angel verschlungen, dass sie sich auch an Land nicht ablösen ließen. Euglena ergriff ihn. Er umschlang ihre Arme mit seinen saugnapfbesetzten Tentakeln. Es half ihm nichts. Wie ein nasses Wäschestück schlug sie ihn gegen die Felsen, immer wieder und mit aller Kraft, bis er schlaff und zerschlagen in ihren Fäusten hing. Ein wildes Feuer brannte in ihren Augen. Bei Zeus, so müssen die Erinnyen ausgeschaut haben, dachte Heinrich, die Rachegöttinnen, die ihre Opfer bei lebendigem Leib mit den Händen zerrissen.

Später gab es Oktopus in Öl mit Auberginen. Es schmeckte köstlich.

»Ihr entgeht kein Fisch«, sagte die Alte beim Essen. »Sie kennt noch den Sirenengesang der Dorer, älter als der Mond. Wenn Euglena ihre Stimme erhebt, kommen die Muränen aus ihren Unterwasserhöhlen hervor, um sie zu hören. Sie umkreisen den Kahn so dicht, dass man sie mit den Händen fangen kann.«

Heinrich verbrachte den Abend damit, Euglena anzusehen. Am Ende führte die Alte ihn zu einem Steinhaus, das nur wenige Meter von dem Haupthaus bei einem Olivenbaum stand. Erstaunlich, wie sicher sie sich in ihrer Blindheit bewegte. Ohne irgendwo anzustoßen, brachte sie ihn in die Hütte aus einem Raum, in dessen Mitte ein breites Bett auf ihn wartete. Es war ein gutes Lager, mit weichem Lammfell bezogen, aber Heinrich fand keinen Schlaf. Er erhob sich, öffnete ein Fenster. Er sah, wie drüben im Haupthaus in einem Zimmer Licht entzündet wurde. Sie trat ans Fenster, und er betrachtete sie. Die Nacht war dunkel und still.

Lass mich hinein, flehte er im Stillen. Oder komm zu mir.

Sie schloss die Fensterläden und löschte das Licht. Der Mond stieg aus dem Meer. Die Wellen klatschten an die Felsen. Die Luft war erfüllt vom Duft der Macchia und vom Zirpen der Grillen und von quälendem Verlangen.

Er stand am offenen Fenster, zitierte aus der Ilias alle Verse, die ihm einfielen, Heldenepos und Liebesklage zugleich. Begann der große Krieg nicht mit der Liebe zu einer Frau und endete mit der gefahrvollen Heimreise zu einer anderen? Er schloss sein Selbstgespräch mit der Ode des Horaz an seine Geliebte: Ergreife den Augenblick, nutze die Nacht! Nimmer traue der nächsten.

Die letzten Worte waren verklungen, da ging die Tür zum Haupthaus auf. Sie kam zu ihm, tauchte ein in das Dunkel seiner Behausung. Sie fanden sich auf dem breiten Bett aus Lammfell. Später stand sie nackt am Fenster, blickte in die Nacht hinaus, als würde sie auf etwas warten. Ihre Haut duftete nach Heu, Ziegenmilch und Honig und nach heißem, unstillbarem Verlangen.

Wenn sie von ihren Liebesspielen so erschöpft waren, dass die Lust sie verließ, sang sie den Sirenenruf der Muränen, leise und dennoch unendlich kraftvoll. Spätestens von diesem Augenblick an war er verloren.

Er nannte sie zärtlich Circe. Und wenn sie nicht stumm gewesen wäre, hätte sie ihn gewiss »mein Odysseus« genannt. Für ihn endete die Welt in ihren Augen, an ihren Lippen und Brüsten, hinter dem Stoff ihres Kleides. Er wollte sie nur noch nackt.

»Wirf dein Gewand weg, Geliebte! Wie Seelen körperlos, so wollen liebende Körper kleiderlos sein.«

Jetzt erwies es sich als Vorteil, dass die Alte blind war. So verflog die Zeit. Wenn sie sich nicht liebten, fingen sie Fische, schwammen im Meer, lagen am Strand in der Sonne. An jenem Morgen gab ihm Circe durch ein Handzeichen zu verstehen: Du musst deine Hosen anziehen. Ein Schiff ist angekommen. Durch ihr Fenster beobachteten sie, wie ein bunt angestrichenes Holzboot an der Pier festmachte.

Beim Ankleiden stellte Odysseus fest, dass er kaum noch in seine Hosen passte. Er hatte nicht nur an Leibesumfang zugenommen, auch sein Hals war dicker. Der Hemdkragen ließ sich nicht mehr schließen. Er betrachtete sich im Spiegel und stellte fest: Sogar seine Ohren waren größer und fleischiger geworden.

Dem Kahn entstieg ein bärtiger Mann mit einer zerrissenen Leinenhose und einem schmutzigen Unterhemd. Er kratzte sich dauernd den Kopf und spuckte Kautabak durch die Gegend. Die Alte bewirtete ihn mit Tee und getrockneten Feigen. Schmatzend fragte er:

»Wann habt ihr mal wieder ein Schwein für mich?«

»In vier Wochen.«

»Aber nicht wieder so einen elenden Krüppel wie den letzten Eber, mit einem Auge und einem Ohr.«

»Isst du die Augen und die Ohren mit?«, kicherte die Alte.

»Nein, aber ein so kaputtes Vieh kann ich nur stückweise verkaufen.«

»Wo sind eigentlich die Schweine?«, fragte Odysseus, als der Bärtige wieder abgelegt hatte.

»Auf der anderen Seite der Insel. Sie sind sehr scheu.«

»Und wie fangt ihr sie?«

»In einer Fallgrube.«

»Warum graben wir nicht eine?«

»Jetzt ist nicht die richtige Zeit. Zum nächsten Neumond.«

Ein paar Tage später fand Odysseus eine Seglermütze und ein Paar Herrenschuhe im Ziegenstall. Als er die Alte fragte, wie die dorthin gekommen seien, sagte sie: »Wir hatten vor einem halben Jahr Besuch von einem irischen Segler, ein witziger Bursche, dem ein Auge und ein Ohr fehlte. Er hatte das Ohr bei einer Prügelei verloren und trug es immer bei sich als Talisman. Es fühlte sich an wie Schweinsleder.«

Der blinde Passagier

Die *Andrea Nicapopulus* war ein schwimmendes Wrack. Sie gehörte einem griechischen Reeder, fuhr aber unter panamanesischer Flagge, um Steuern zu sparen. Und um noch mehr zu sparen, bestand die Mannschaft aus drittrangigen Hilfsarbeitern der Dritten Welt. Der einzige Seemann auf diesem Seelenverkäufer war der Kapitän, ein einbeiniger Korse, der in jungen Jahren für die Fremdenlegion gekämpft hatte. Entsprechend militärisch war sein Regiment. Sein erstes Gebot lautete: »Wenn ich einen Befehl erteile, erwarte ich, dass er ausgeführt wird, sofort und ohne Einwände.«

Er regierte nach der Devise: Teile und herrsche! Aus dem Grund bestand die Mannschaft aus Sudanesen und Filipinos, zwei Menschenrassen so gegensätzlich wie Hund und Katz. Zumal er alles tat, um diese Animosität aufrechtzuerhalten, indem er mal die einen bevorzugte und mal die anderen. Mal verdonnerte er die Pinos zum Rostklopfen und belohnte die Kaffern mit Landgang. Dann wieder spendierte er den Filipinos ein paar Flaschen Reiswein und ließ die Sudanesen im Stauraum Kisten stapeln. Er lobte die einen, verfluchte die anderen, hetzte sie aufeinander und sagte sich: Solange diese Affen sich nicht einig sind, solange werden sie nicht meutern. Natürlich gab es Schlägereien. Das war gut. Das vertiefte die Gräben. Und wenn es allzu hoch herging, dann fuhr der Alte dazwischen, mit bloßen Fäusten. Und die hatten es in sich! Mit der nötigen Menge Rum im Bauch pflegte er Telefonbücher zu zerreißen oder Feuerhaken auf den tätowierten Oberarmen krumm zu schlagen.

Sein Jähzorn war gefürchtet. Man erzählte sich, er habe in der Fremdenlegion einen Mann im Zweikampf erschlagen. Zurzeit waren die Männer wieder gereizt wie hungrige Wölfe. Sie lagen mit ihrem Schiff vor der Reede von Neapel. Seit Tagen herrschte Windstille. Die Sonne brannte gnadenlos vom wolkenlosen Himmel. Die Reling war so heiß, dass man sich die Finger daran verbrannte. Auf dem rostfleckigen Deck verdampfte ihre Spucke wie auf einer Herdplatte.

Die Männer hingen unter Deck in ihren Hängematten, verschwitzt und gereizt.

»Weißt du«, sagte Pedro, der älteste der Filipinos, zu dem Schwarzen, den sie Bimbo nannten und der sich ständig sein Kräuselhaar kratzte, »ihr habt das gleiche Haar wie wir. Nur bei euch Kaffern gucken die Wurzeln heraus, und die Haare sind euch ins Gehirn gewachsen.«

Großes Gelächter.

Bimbo fragte: »Weißt du Klugscheißer, womit Gott den schwarzen Mann erschaffen hat? Aus Lehm und Kohle und Scheiße.«

Brüllendes Gelächter bei den Filipinos.

»Und weißt du, wie er euch gemacht hat?« fragte Bimbo weiter. »Genauso. Er hat bloß den Lehm und die Kohle weggelassen.«

Bevor die ersten Flaschen flogen, tauchte der Alte in den Mannschaftsräumen auf: »Habt ihr Halbaffen nichts zu tun? Morgen früh laufen wir aus.«

Sie schifften Bauzement und Autoreifen von Neapel nach Alexandrien und Baumwolle von Alexandrien nach Neapel.

Neben dem Laderaum gab es noch ein dutzend Doppelkabinen an Deck für Passagiere – meist ägyptische Gastarbeiter. Natürlich waren das keine Luxuskabinen wie auf einem Traumschiff. Mitreisende mussten sich auf der kurzen Reise selbst mit Proviant versorgen. Dafür war die Überfahrt auch nicht teuer. An jenem Montagmorgen erschien der Kapitän später als sonst auf der Brücke, weil er von seinem Landgang in Neapel erst bei Sonnenaufgang zurückgekehrt war. Sein Erster Offizier, der auf den Philippinen als Kellner und Friseur sein Geld verdient hatte, teilte ihm in militärischer

Haltung mit, dass sich Fracht und alle Passagiere an Bord befänden.

»Dann hoch mit dem verdammten Anker!«

Die Maschine wurde angeworfen. Die Schiffssirene ließ schauerlich heulend das Startsignal ertönen. Vibrierend, rußend und laut plätschernd setzte sich der alte Pott in Bewegung. Ein paar windzerzauste Möwen begleiteten ihn. In der Stadt erwachten die ersten Autohupen. Und dahinter von Wolken umspielt der Vesuv.

Sie hatten noch nicht lange das Hafenbecken verlassen, als einer der Sudanesen auf der Brücke erschien, um dem Chef den Tee zu bringen. Dabei sagte er mit seinem breiten Pickanin-Englisch: »Wir haben blindes Passagier an Bord.«

»Was sagst du da?« fuhr ihn der Kapitän an, der glaubte, nicht richtig verstanden zu haben. »Was haben wir an Bord?«

»Blindes Passagier.«

»Mann oder Frau?«

»Mann.«

»Wie alt?«

»Junges Mann.«

»Werft den Kerl über Bord, sofort!«

»Aber ...«

»Sofort, solange wir noch in Sichtweite der Küste sind. Und gebt ihm einen Rettungsgürtel, falls er nicht schwimmen kann.«

»Aber Sir, der Mann ...«

Alles konnte der Alte vertragen, alles außer Widerspruch.

»Meuterer und blinde Passagiere gehen bei mir über Bord! Ist das klar?«

Er warf dem Sudanesen einen vernichtenden Blick zu und wandte sich an den neben ihm stehenden Filipino: »Wenn der Bimbo zu blöd für meine Befehle ist, dann nimm du das in die Hand.«

»Zu Befehl, Sir!«

Sie hatten jetzt die Hafenausfahrt passiert. Vor ihnen lag das offene Mittelmeer. Kein Schiff weit und breit. Der Kapitän übergab seinem ersten Offizier das Steuer: »Ich bin gleich zurück.«

Als er nach unten kam, hatten sie den blinden Passagier schon über Bord geworfen.

»Mein Gott, hat der geschrien«, sagten die Filipinos. »Ich habe doch bezahlt wie alle anderen. Warum? Warum wollt ihr mir das antun? Es war herzzerreißend.«

Bevor der Kapitän eine Frage stellen konnte, ertönte Hundegebell.

»Was ist das für ein Hund?«

»Ja, richtig«, sagte der Sudanese, »was sollen wir machen mit seinem Blindenhund?«

Die kürzeste Gespenstergeschichte der Welt

Auf dem Derby in Epsom erschien heute der Earl von Cambridge. Er war in Begleitung seiner Witwe.